灰色のマリエ 1

文野さと

Sato Fumino

Regina

RB

レジーナ文庫

Main Characters
登場人物紹介
エヴァラード
「祖父が身《み》罷《まか》るまで」
という条件のもと、マリエの夫となる。
見た目はいいが、
性格は冷淡。28歳。
マリエ
辺境の町から王都へ嫁いできた。
親しいもの以外、灰色に見える
不思議な体質の持ち主。20歳。

オーロール
エヴァラードと関係を持つ、
美しい未亡人。
モリーヌ
マリエの義姉で、良き相談相手。
二歳になる息子がいる。
ハリイ
エヴァラードの同僚。
明るく真面目な性格。
ヴィリアン
エヴァラードの祖父。
病に侵されていて、
床に伏せっている。

もくじ

灰色のマリエ 1

1　マリエの見る世界

マリエの見る世界は二つ。

一つは多分、自分以外の人たちが見ているものと同じ、天然色と人工色に彩《いろど》られた普通の世界。

そしてもう一つ。

それは――

様々な濃さの灰色で彩られた、不思議で不安な無彩色の世界。

二つの世界は、常にマリエの視界に同時に存在していた。

幼い頃のマリエ――マリエンティーナ・ルベールは、自分の世界が二つあることをなにも不思議に思わなかった。

大人たちには時々妙なことを言うと思われたかもしれないが、いくらエイティスの国情が安定しているとはいえ、辺境での暮らしは厳しかった。だから、誰もそんなことに注意を払わなかったのだ。

視界がところどころ灰色に見えても生活するのに不便はなかったし、家族も友だちも自分と同じなのだろうと思っていた。広大な辺境の、見知った人間ばかりが住む狭い社会では、ものや人が灰色に見えることはほとんどなく、時々知らない人が灰色に見えるのは、自分がその人のことをよく知らないせいだとマリエは納得していたのだ。

マリエが六歳になった頃、父親が山の滑落《かつらく》事故で亡くなった。

それは荒野《こうや》に激しい雨が降る季節のことだった。弟のレストレイは二歳、一番下の妹ユーリエは生まれたばかり。母がずっと泣いていて、祖父がしきりに慰《なぐさ》めていたことはよく覚えている。マリエも悲しかったが、あまりに幼かったので、記憶は鮮明ではない。

父は真面目な人で、ギリギリの収入を補うために外で働くことが多かったから、遊んでもらった思い出は少なかった。しかしその分、祖父が初孫のマリエをたいそう可愛がってくれた。それゆえ、父親が亡くなったとき、さほど寂しくはなかった。祖父は大柄で大らかな性格の人だった。

父が死んでしばらくすると、家族は再び悲しみを埋めるように日々の暮らしを始めた。そうして日常が積み重ねられてゆく。

変わりばえのしない毎日、それがマリエの日常だった。

マリエは自分のことを優《すぐ》れたところもない代わりに、特に劣《おと》ったところもない平凡な人間だと思っていた。

しかし八歳になったとき、ある出来事が起きてマリエは自分が人と少し違うことに気がついた。

それは彼女の住む小さな町に、王都から若いご婦人がやって来た日のことだった。

広場は、この小さな町のどこにそんなに人がいたのかと思うほどごった返し、みんな嬉しそうに晴れ着を着こんでいた。マリエの家は駅前に小さな土地を持っていたので、そこに建っている古い物見の塔から、家族や友人たちと広場を見下ろすことができた。いわば特等席である。

そして、向こうの方から見たこともない美しい黒塗りの車の行列がやって来て、広場で停まった。歓声の上がる中、あるご婦人がゆっくりと降り立った。彼女は濃い髪色をしていて、濃い色の服を着た大変きれいな人だった。マリエが見惚《みと》れていると、横にいた友人が、

「まぁ！　すごくおきれいねぇ。それになんて素敵な赤い服なの！　マリエもそう思わ

ない？」

と、うっとりとした表情で言った。

そのとき、わかってしまった。

マリエにはそのご婦人の服は、濃い灰色にしか見えなかったのだ。

……赤？

「ほんとにねぇ、あんなに赤い布があるなんて思わなかったわ。どうやって染めているのかしら」

そう言ったのは母だ。母もやはり感激した様子で、優雅に人々に手を振る婦人を見つめていた。

ふぅん……

けれどいくらマリエが目を凝《こ》らしても、赤い色は浮かび上がってこない。

実はマリエはその女性を知っていた。いや、正確には本人を知っていたわけではないが、そのお顔だけはよく知っていたのだ。

なぜならそのご婦人は、彼らの国、エイティス聖王国の女王様だったから。

女王はその頃起きた、第何次だったかの国境紛争で戦う兵士たちを慰問《いもん》するため、国境近くのソンムの町までやって来たのである。

彼女は女王というには、とても若くて美しい人だった。くるくるした巻き毛は真っ黒。その下の肌はほとんど白に近い灰色。ぷっくりした唇は薄い灰色。そして着ている服は濃い灰色。そんな風にマリエには見えたのだ。あとでわかったことだが、マリエは髪に関してだけは正しい色で認識していたことになる。女王の髪は、この国では珍しい黒色だったから。

「ねぇ、おじいさん。私ね、ときどき人が灰色に見えるの」

あるとき、マリエは思い切って祖父のローランディに自分の見える世界のことを話した。彼は少し驚いていたが、そういうこともあるのだろうと特に騒ぎ立てはしなかった。

「まぁ、マリエはあのエヴァの孫娘なんだからね、そういうこともあるだろうよ。エヴァは変わったものが大好きで、いつも遠い世界に思いを馳《は》せていた。マリエはエヴァによく似ている。だから、大丈夫だ。まぁあんまり人には言わないで普通にしておいで」

そう言って祖父は笑った。

エヴァというのはマリエが生まれる前に亡くなった祖母のことだ。エヴァはしっかりしているようで、少し不思議な娘だったからねと祖父は笑い、マリエはその言葉を信じた。不安はなかった。

ただ、祖父の言うとおり、そのことは人前で言わない方がいいのだろうと幼心《おさなごころ》に理解した。

そしてマリエは知ったのだった。

自分の目――というより感覚は、全く知らなかったり、親しみを感じない人や物に対しては色彩を認識しないということを。

親しみや好悪という曖昧《あいまい》な感情を、脳がどう区別しているのかは全く説明できない。

だが、少なくとも自分の心の問題だということはわかる。

見る対象がぼんやりしたり、歪《ゆが》んで見えるわけではない。むしろ視力はいい方だった。

また、自然物はありのままの色に見えたから、日常生活においてほとんど支障はなかった。

さらに、最初は灰色に見えた知らぬ物や人でも、慣れたり親しみを覚えたりすれば、徐々に色味を帯《お》びて見えてきたから、とにかく変なことを口走らないように気をつけるだけでよかったのだ。

そして、十歳を過ぎる頃には、マリエはそんな生活にすっかり慣れてしまっていた。

マリエの家は東の国境に近い、小さな地方地主だった。

十歳の誕生日のちょうど一か月後に、大好きだった祖父が亡くなった。

少し調子を崩していたところに悪性の流感《りゅうかん》に罹《かか》り、あっけなくこの世を去ってしまったのだ。

預けられていた近所の農家から戻ったときにはすべてが終わっていて、マリエはあんなに自分を可愛がってくれた祖父が、もうこの世にいないことを知った。祖父が死ぬなどとは思っていなかったマリエは悲嘆のあまり、一切の色彩を感じなくなってしまった。父が亡くなったときにはわからなかった悲しみの嵐が小さな心を揺さぶる。

涙のヴェール越しに見える風景は、鮮やかさと美しさを失っている。滲《にじ》んだ無彩色の風景を、マリエはさまよった。きっともう、自分の世界に色が満ちることはない——そう感じながら。

そして、葬式も埋葬もすべて終ってしばらくたった頃、一人の男が家を訪ねてきた。祖父の若い頃の友人だというその紳士は、マリエを見て悲しそうに微笑み、ぼんやりと見上げるだけのマリエの額《ひたい》にキスをしてくれた。

「遅くなってすまない……ずっと会いたかった……私を許してくれ」

真新しい墓標《ぼひょう》の前に佇《たたず》む男の目からはらはらと涙がこぼれる。涙が青くないのが不思議なくらい澄《す》んだ青い目だった。

初対面のはずだったが、マリエはその人物をよく知っていた。

よく見せてもらっていた祖父のアルバムに一番多く載っている人だったから。

女王様のときにはわからなかった色が、その紳士の瞳にはあった。

「愛していたんだ……ずっと愛しているんだ。ああ……許しておくれ、お前たち。私はなんて遠回りをしてしまったんだろう」

彼はとても悲しそうで、思わずマリエはその紳士の首に抱きついた。「お前たち」が誰のことかよくわからなかったが、そんなことはどうでもよかった。

ただ、その人の悲しみの色は自分と同じで、その腕はまるで祖父の腕のように感じられたのだ。

この人を助けてあげたい。

そう思った。

そして再びマリエの世界は色を取り戻した。

祖父の死によって負《お》った心の傷は、年月と共に徐々に癒《い》えていく。

というのもマリエには優しい母がいたし、歳の離れた弟妹はやんちゃ盛りだったため、長女の彼女はよく面倒を見て毎日忙しくしていたからだ。

家は古くからの地方地主だったが、金持ちというわけではなく、むしろ土地や古い屋敷の管理、毎日の畑の見回りと家事で、その辺の農家より忙しく働かなくては家が成り立たなかった。

マリエは地元の学校を卒業したが、進学しようとは思わなかった。

こんな辺境の町でも国境の情勢が落ち着くにつれ、王都からは色々な情報がもたらされる。特に鉄道や自動車の発達は、多くの物資や人々を地方に送りこみ、確実に町を変えていった。

このソンムの地にまだ駅はなかったが、工事の計画はほとんど終えているという。多くの人たちはそれを喜んだが、マリエは興味がなかった。

ずっとこのままでいい。

そう思っていた。

時々知らない人が灰色に見えるくらいで、忙しくとも毎日は充実していたし、マリエは働くことが好きだった。ずっと仕《つか》えてくれている夫婦の一家と共に、食事を作り、畑に出て、狩場を見回った。

少ないが女友だちもいたし、異性の友人もいて、祝祭日には一緒に出かけることもある。国境紛争は過ぎ去り、軍は縮小されて王都は繁栄《はんえい》しているという。判《はん》で押したような毎日に不満はなかったが、本を読むことが好きなマリエは、知らぬ土地に対する憧れをずっと胸に抱《いだ》いていた。

一度くらい旅をしてみたい。たとえすべて灰色に見えてもかまわなかった。

しかし、この辺境では旅行に行く人も稀《まれ》だったため、マリエもその願いを口に出すことはなかったし、変わらない日々がずっと続いて行くのだと信じていた。

つまり、マリエにとって、未来は予定調和だったのだ。

あの人に再び会うまでは――

2　遠い約束、もしくは愛しき夢

マリエは時々思い出す。

祖父が死んで酷《ひど》く辛かったとき、たった一度だけ訪ねてきた人。色を失った自分に再び色を取り戻してくれた人。

そして、誰かに向けて愛していると呟《つぶや》いた人。

悲しみの渦《うず》の中で初めて見えた色は、この人の瞳の青だった。

亡くなった祖父が、この人は自分の大切な友だちで、きれいで強くて大好きだったのだと、古いアルバムを開いては繰り返し話してくれた。

色褪《いろあ》せた頁《ページ》に貼りつけられていたのは、颯爽《さっそう》と軍服を着こなした若い将校。麦酒《ビール》のジョッキを掲《かか》げる陽気な青年。そして、寄り添う祖父母の横で少し斜《しゃ》に構えた美しい人。

それが彼だった。

写真はモノクロームなのに、マリエは彼の目の色だけは以前から知っているような気がしていた。

そしてそれは正しかったのだ。

――雨上がりの空と同じ色だ。

十歳のマリエは、祖父の友人であるヴィリアン・リドレイに淡い想いを抱《いだ》いたのだった。


ヴィリアン・リドレイは老人だった。

秀《ひい》でた額《ひたい》にかかる髪は半《なか》ば白く、目じりにも口元にもしわが刻まれている。しかし、身のこなしや瞳の輝きには少しの衰《おとろ》えもなく、深い声にも艶《つや》があった。青い瞳は人を射《い》る輝きを放つ。

マリエが二十歳になったある日、彼は再びソンムの地を踏んだ。

運転手に助けられて黒い車から降り立ち、荒野《こうや》に続く空を見上げる。

出迎えたマリエを見るなり、驚愕《きょうがく》を顔に貼りつけ、次には悲しさとも愛しさともつかぬ奇妙な表情を浮かべて、彼女の祖母の名を呼んだ。

二人の再会はそのように始まった。

それ以降、彼らはとある理由で何度も会って話をすることになる。

ヴィリアンは平原地方の国々の国家事業である、大陸横断鉄道会社の名誉顧問を務めていると言った。

軍に長く在籍し、最後の地位は准将《じゅんしょう》。軍を引退してから久しいのだが、ある事情でもう一度宮仕《みやづか》えをすることになったのだとも言った。

マリエの父も祖父も亡くなっていて、母は長年の苦労で体調を崩しがちだったから、地所《じしょ》を実質的に管理運営していたのは、二十歳になったばかりのマリエだった。

そんなわけで、ヴィリアンと話をするのは、必然的に彼女の役割となった。

彼はルベール家が昔から持つ、ソンムの町の中心にある飛び地を国に売却してほしいと切り出した。なんでもその土地に跨《また》がって、終着点の駅舎が建つらしいのだ。

大陸横断鉄道の東西線はあと一年ぐらいで完成の予定なのだが、終着駅であるソンム駅の着工が遅れているという。駅舎の建つ予定地はたくさんの地主が関わっていたため、買収交渉が遅れていたのだ。それでもなんとか買収は進み、残りはルベール家所有の土地のみだった。

マリエと老人は、それから幾度となく話し合いを重ねた。

多くは権利だの地価だのという、事務的な話だったが、そのうちヴィリアンは祖父母との昔の友情や、かつてこの地で起きた大規模な紛争のことを話すようになった。

「こんな話は怖くはないかね？」

戦闘の話を聞いて、目を大きくしているマリエにヴィリアンは尋ねた。

「あんまり熱心に聞いてくれるんで、思わず熱が入りすぎてしまった」

「いいえ、もっと伺いたいです。亡くなった祖父がまるで生き返ったように感じられるから」

「そんなにローリィが好きだったのかな」

「大好きでした。祖父もたくさんの話をしてくれました。戦争の頃の話も。アルバムを眺めながら」

話によると、マリエの祖父、ローランディは前線でヴィリアンの命を助け、そのあとも戦場を生き抜き、以来二人は親交を深めたとのことだった。ヴィリアンの話は祖父から聞いていたものと少し違っているところもあったが、マリエは興味深く聞いた。

「アルバムか、じゃあ私も写っておるかもしれんな。よく一緒にいるところを撮られたから」

「はい。きっとそうです。私がヴィリアン様に親しみを感じるのはそのせいです」

「……そうか。そんなことを言われたのは久しぶりだ」

「久しぶり?」

ヴィリアンの様子がいつもと違っていて、マリエは引っかかった。

「ああ、今のあなたと同じように私の話を喜んで聞いてくれた者が、前はいたんだ」

「それはどなたですか？」

マリエは不意に強い興味を引かれた。

「私の孫だよ」

「お孫様？　私みたいな？」

「ははは！」

ヴィリアンは突然高らかに笑った。マリエは少し驚いたが、ヴィリアンの笑い声はとても気持ちがいいと思った。

「いや失礼。同じ孫でもあなたとは全然違うんで思わず笑ってしまった」

「違うのですか？　同じお話が好きだというのに？」

「そうだな……あなたとは全然違う。第一、私の孫は男だからな」

「まぁ」

「そう、男なんだよ。それに私の話が好きだったのも、ずいぶん前の……あいつが子どもの頃の話でな……今では、すっかり……」

「すっかり？」

「自分勝手な男に……いや、まだ性根までは腐りきっては……」

ヴィリアンは眉をひそめて考えこんでいたが、次第に視線が隣に座るマリエに向けられてゆく。

「ヴィリアン様？」

「……そんなことは」

「どうされました？」

マリエは、突然自分を見つめて黙りこんでしまったヴィリアンの腕に手を掛けた。老人は、はっと姿勢を正す。

「いや申し訳ない。すっかり考えに耽《ふけ》ってしまっておった」

「左様《さよう》でございますか」

マリエは不思議に思ったが、なぜ彼が奇妙な表情で自分を見ていたかは尋ねずに微笑んだ。


ヴィリアンは二週間の滞在期間中、主にソンムのホテルに滞在していたが、そのうちの三日間はルベール家の地所《じしょ》に建つ古い屋敷に泊まった。マリエと老人はそれほど親しくなっていたのだ。

二人は馬で荒野《こうや》を駆けたり、ルベール家が管理する土地を見て回ったりして一緒に過ごした。ヴィリアンは繁栄《はんえい》した王都エトアールと違って、この地方はまだあまり豊かになっていないことに、深い感慨《かんがい》を覚えたようだった。

二人は土地の話や、世間話を交わしたが、マリエはヴィリアンが時々自分を見つめて考えこんでいることが気になっていた。

そんなとき、彼は決まって最後には首を振りながら、「なにを馬鹿な」「そんなことはありえない」と呟《つぶや》くのが常だった。だが、やはり気がつくと厳しい青い目はなにかを望むようにマリエを追っていた。

そうして彼の滞在期間は過ぎ、ルベール家の持つ土地の仮貸借契約《かりたいしゃくけいやく》が成立した。

マリエは老朽化した物見の塔を取り壊すことには同意したが、先祖伝来の土地を手放すことを良しとせず、鉄道会社に貸すことにした。今はほとんど値のつかない土地だが、駅が完成し、人や物の行き来が盛んになれば、土地の価値は上がるだろう。その方が、今まとまった額をもらうよりも良いと考えたのだ。

父はいないし、マリエの弟妹もまだ幼かったので、見通しのある定期収入を確保してやりたかった。

そう伝えると、ヴィリアンは幾度か会社に連絡を取っていたが、最後にはその条件を呑んだ。

そして、滞在期間の終わりに驚くべき話を切り出した。彼にしては珍しく、おずおずと口ごもりながら。

それは常に自信に満ちている彼には似つかわしくない態度だったので、マリエは内心少し可笑《おか》しかった。

しかし、話の内容は可笑しいどころではなかったのだ。

その話を聞いたマリエが驚くと、ヴィリアンはこれまた珍しく酷《ひど》く恐縮し、こんなふざけた話はないから、さっさと断ってくれてもよいと額《ひたい》に汗を浮かべて言った。

「少しだけ返事を待って下さいますか？」

「おお、それは無論《むろん》」

マリエが答えを探しあぐねている様子を見たヴィリアンは、自分は明日王都に帰るから、返事は手紙でもいいし電話でもいい。無論断ってくれても構わない、そう言って、彼は慌ただしくホテルに戻っていった。

――なんということだろう。

マリエは生まれて初めて動揺していた。

一大事だった。

一緒に話を聞いていた母アーシアも、弟レストレイも驚いている。幼い妹のユーリエでさえ、事の重大さを察して泣きそうになっているのだ。

土地売却の話をしながら、ヴィリアンはそんなことをずっと考えていたのだ。

きっと初めて祖父の話をした、あのときから。

ヴィリアンは真剣な表情で考えこみ、打ち消すように首を振っては、またマリエを見た。おそらく何度も思いあぐね、苦しんだのだろう。

けれど、私に伝えようと決心されたのだわ。

私と、ヴィリアン様のお孫様を――

自分勝手な奴だとヴィリアンは言った。

けれど、ヴィリアンはその方をとても愛しているのだろう。マリエにはわかった。厳しいことを言っていても、あの目は愛しいものを語るときの目だ。知らぬものが灰色に見えるこの目は、時として隠された真実を教えてくれることがある。

ヴィリアンはその孫息子のことを認めているから、マリエを妻にと望んだのだ。

それに……

マリエは考えた。

もし承知すれば、ヴィリアン様と都に行くことができる。

ヴィリアン様の傍《そば》にいることができる。

マリエは小さな頃からずっと印画紙の中の彼を見つめ続けてきた。祖父から聞いた話はすべて覚えている。

「ヴィーは素晴らしい男だった。強くて、きれいで。俺が女だったら確実に惚れてたなぁ」

その通りだったわ。おじいさん、あの方は小さな頃から私の英雄だった。そして今は強くて優しい私の――

自分勝手は私も一緒だわ。

ふ、とマリエは笑った。


その夜、マリエは遅くまで母と話し合った。

けれど、本当は気持ちなんてとっくに決まっていたのだ。

ヴィリアンと話をしながら――いや本当は、彼と再会した瞬間から、マリエは今までとは違うなにかを感じていた。

「母さん、私」

マリエは母を見つめて口を開く。しかし、母にはマリエの言いたいことがわかっていたようだ。

「決めたんでしょう?」

「……はい。ごめんなさい」

「なにを謝るの? 行きなさい、マリエ。あなたはもうこの家に縛られることはないのよ」

母はそう言った。

「ずっと諦めていたのでしょう?」

「いいえ。違うわ、母さん。私は縛られていると思ったことは一度もないわ。でも」

一つ呼吸を置いて、マリエははっきりと言った。

「私はヴィリアン様のお孫様に会いたい。会ってみたい」

「ヴィリアン様は正直な方よ。お話はすべて本当のことだと思うわ。それでも苦労をする覚悟はあるのね」

「私、苦労はそんなに嫌じゃないわ。ただ見てみたい、知りたいの」

「不思議な子ね……」

母は少し寂しげに首を振った。しかし、行くなとは言わなかった。

「マリエのそんな目は初めて見るわ。念のために言っておくけど、下手をすれば傷つくのはあなたよ」

「はい、母さん。よくわかっているわ。でもごめんなさい。母さんにもユーリたちにも寂しい思いをさせてしまう。家の仕事だって……」

「そんなのはなんとでもなるわ。少しだけど貯《たくわ》えもあるし、人だって雇える。それにレスリーがいるから大丈夫よ。あの子はあなたに似てしっかりしているから」

「母さん……」

「でも忘れないで。ダメだと思ったら帰ってくればいい。あなたの家はここなのよ。それを忘れないで」

母の言葉にマリエはしっかりと頷《うなず》く。

「はい！」

私は王都に行く。

王都にいるという、彼に会うために。

家族のことならきっと大丈夫だ。皆この荒野《こうや》で逞《たくま》しく生きてきた。信頼できる友人も使用人もいる。

母の手を取ってマリエは頷いた。

「ありがとう、母さん」

あくる日の早朝、マリエは馬で荒野を駆けた。

これからなにかが変わる——
予感などではない。
——それは確信だった。

＊＊＊

ヴィリアンはこの街唯一のホテルの窓から荒野《こうや》を見渡していた。
もうすぐここに若い客人がやって来る。
朝の風はすっかり冷たくなった。
秋が深まっている。
最後にこの地を訪れた季節も秋だったか？
あれはローリィ、お前が死んだときだったな。
この町は変わらない。
繁栄《はんえい》する都市部とは違い、国境近くのこの町は、中心部に建物が少し増えたくらいで、
黄色い山並みも、その向こうの薄青い空も、記憶の中のものと全く同じ。
ただ——

お前がいない。

お前と、あの人と――

リドレイ家は代々優秀な軍人を数多く輩出《はいしゅつ》してきた家柄だ。

四十年の昔、若かりしヴィリアン・リドレイもまた、国境地帯の紛争に志願し、幾多の戦線で戦った。そして彼は激戦地で、一人の男と知り合った。

足に銃創《じゅうそう》を負《お》ったヴィリアンを助けた男、それがのちに彼の親友となったマリエの祖父、ローランディ・ルベールだったのだ。

彼らは年齢が同じということもあって意気投合し、ヴィリアンが王都に戻ってからも親しく付き合った。その頃、ローランディは王都の下宿で気楽に暮らしていたが、彼には将来を誓い合った恋人がいた。

それがエヴァ・ワンズワースだった。

エヴァは美しく聡明《そうめい》な女性だったが、一風変わったところがあった。

彼女の夢は、いずれローランディと共に国境の町に移り住んで、彼の仕事を手伝うこと。貴族の出身だというのに、辺境の地主と結婚することになんの躊躇《ためら》いもない闊達《かったつ》なエヴァに、ヴィリアンは初めて女性に対して尊敬と憧憬《どうけい》を抱《いだ》き、三人の友情は固く結ばれた。

やがてローランディとエヴァは結婚して二人でソンムの町に旅立ったが、ヴィリアンは軍人の道を歩み続けた。

しばらくしてヴィリアンも家のすすめた女性と結婚したが、ローランディとの友情はそのあとも続き、ヴィリアンは休暇のたびにソンムの土地まで足を運んだ。そしていつかお互いに子どもが生まれ、その子どもが男と女ならば結婚させて、親戚になろうと約束したのだった。

しかし、ヴィリアンもローランディも、子どもは息子だけだったから、約束はついに果たされることはなかった。エヴァは息子が成人する前に病《やまい》で亡くなり、さらに月日は過ぎ、一人息子のフォアバンクスも幼い子どもたちを残して事故で亡くなった。

そして、あんなに頑健《がんけん》だったローランディも悪性の風邪をこじらせて、あっけなく逝《い》ってしまったのである。

彼らが出会ってから長いときが流れた。

おせっかいな知り合いが、鉄道会社の役員にローランディとの古い友情の話など持ち出さなければ、引退した自分が辺境まで引っ張り出されることはなかったに違いない。

しかし、どういう巡り合わせか、自分はこの地に再び来てしまった。

つまらぬ役目だが、十年前にローランディが死んで以来初めてのソンムである。ヴィリアンにとって、心の友とも言える二人がいなくなってから、ソンムは遠い土地になってしまっていた。

それでもなぜか、行かねばならないと思った。老境《ろうきょう》に入ったヴィリアンには、社交の趣味がないため時間はある。しかし、彼には重篤《じゅうとく》な持病があった。ただ病のことは家族以外には隠してあるし、遅行《ちこう》性で薬もきちんと呑んでいるから、今すぐ命にかかわるわけでもない。断る理由はなかった。

そして――

懐《なつ》かしいソンムの地で見たのは、親友の恋人。

かつて彼がその想いを封じこめた――


「エヴァ……！」

「それは亡くなった祖母の名です」

目の前に現れた灰色の目の娘は静かに言った。

祖母に似ていると言われ慣れているのだろう、特に気を悪くした様子はない。

彼女はローランディの葬儀の折、泣きはらした目で自分を見上げたかつての幼い少女。

すっかり成長し、女性らしい体つきをしている。

「……では、あなたは」

「孫娘ですわ。マリエンティーナ、どうぞマリエと呼んでください。昔、祖父の葬儀の際にお会いしたかと存じます」

「マリエ……」

ヴィリアンは呆然《ぼうぜん》として教えられた名を呟《つぶや》いた。しかし、目の前の娘は、かつて黄色い荒野《こうや》を背景に笑っていたエヴァにしか見えない。

娘はそんなヴィリアンを見てどう思ったのか、少し頬を染めて微笑んだ。

「はい。祖母を知っている人から似ていると言われたことはありますが、そんなに驚かれたのは初めてです。だって目も髪の色も違うでしょう?」

確かにエヴァの瞳と髪は優しい茶色をしていた。

しかし、その纏《まと》う雰囲気、穏やかな声音は、ヴィリアンの愛した、かつてのエヴァ・ワンズワースそのもので――

なんてことだ……なんて……

ああ――

ヴィリアンは娘の肩越しに薄青い空を仰《あお》いだ。

ローリィ――

これはなにを意味するのか？

「……見ろよヴィー、こいつこんなに小さいくせに男なんだぜ。俺がエヴァに抱きつくと睨《にら》みやがるんだ」

ローランディの膝《ひざ》の上で、よちよち歩きをし始めた息子フォアバンクスが暴れている。

「お前はエヴァにべたべたしすぎなんだよ」

「普通だろ。エヴァは跳ねっ返りだけど、照れるとすっげぇ可愛いんだぜ。なぁ！　フォン」

「だう！」

「ちょっと！　聞こえてるわよ」

向こうでエヴァが言い返す。

細い腰に白いエプロンの紐《ひも》をきりりと締めている。たっぷりとした髪がそのすぐ上まであり、あちらこちらにはねていた。ヴィリアンがエヴァを見ていると、彼女は大きなウインクを返してよこす。

「ローリィ！　ヴィーに変なこと言わないでちょうだい！」

「褒めてるんだからいいだろ！　君が素敵だって言ってんだ、なぁ！」

負けじとローランディが怒鳴り返した。

「お前……鏡を見てみろ。気味が悪いほど鼻の下が伸びてるぞ」

「そうか？　ひげが剃《そ》りやすくていいぜ。けど、お前のほうだって婚約が決まったんだろ？　イテテ」

息子に髪を引っ張られながらローランディはエヴァに尋ねた。

「見合いだけどな。見てくれも気立ても悪くないようだから手を打つことにした」

「そんな言い方は相手のお嬢さんに失礼だぞ。まぁ、天邪鬼《あまのじゃく》なお前のことだ。実は結構参ってるな。どうだ？　図星だろう」

「さぁな。とりあえず跡《あと》継《つ》ぎを作るのは長男の義務だろう」

「だから、ヤな言い方すんなって！　このひねくれ者！　けど、ひょっとしてさぁ」

「なんだ？」

「お前が嫁さん貰って、一年後くらいに子どもができると仮定して……その子が女の子だったら、ちょうどいい感じになると思わないか？」

なにか素晴らしいことを思いついたようにローランディの瞳が笑う。ヴィリアンは眉を寄せて尋ねた。

「なにがいい感じなんだよ」

「だって、フォンが二十歳になったとしたら、その女の子は一七、八だろ？　お似合いな年頃じゃないか？」

「馬鹿。女の子確定かよ。それに当人たちの意思はどうなるんだ？　なぁ、フォン」

「うぉー」

赤ん坊は父親の膝《ひざ》からヴィリアンの膝の上に乗り移るという離れ技を行おうとしている。

「こらフォン、じっとしてろって。……だからさ、夢だよ夢。だったらいいなっていう。でもそうなったらすごいと思わんか？　俺たちは親戚になるんだぜ？」

「親戚？　俺とお前と……エヴァが？」

ヴィリアンは驚いたように復唱した。

「そうだよ」

「あらステキ。それすごくいいわね」

大きなケーキを運んできたエヴァが、二人に頷《うなず》き返す。ヴィリアンはその笑顔から目を逸《そ》らした。

「だが、なぁ」

「あ？　そうか。お前んちはエトアールの名門で、俺は地方のしがない地主だから、お前んちの人たちは嫌がるかなぁ」

「名門たって、別に貴族ってわけじゃあるまいし、軍人一家ってだけだ」

「そうか？　だったら約束だ。お前の子どもが女の子だったら、俺は腕によりをかけて……二人が恋するようにしむけちゃる」

「あーあ、そうかい。やれやれフォン。お前の親父は、もうお前の将来の嫁さんを決めてるぞ。嫌だったら反抗しろよ。俺はお前の味方だ」

「うぇい！」

「あ！　こらお前」

「はははは！」

「約束だぞ！　やくそく！」

「わかった、わかった。約束だ。こいつらが嫌がらなければな」

「やった！　エヴァ、聞いたか？」

「ええ、確かに聞いたわ。でも、本当にそんな日が来るのかしら。ねぇ、ヴィー？」


三十年は決して短い年月ではない。

ルベール家は、かつて彼があやしたローランディの一人息子フォアバンクスも亡くなり、その娘マリエンティーナが母を助けて家と地所《じしょ》を切り盛りしていた。この辺りはもともと豊かな土地ではなく、昔は何度も砲撃の音が間近に迫《せま》った。

古い地主であるルベール家の持つ土地は広いが、そのほとんどは瘦《や》せた草原だ。小作人はいても形ばかりの小作料しか課《か》していないため、家計は常に火の車だったのだ。

そんな土地で――

二十歳のマリエは使用人と共に家を守り、畑を耕《たがや》し、馬に乗って地所を回っていた。長い灰色の髪を革ひもで結わえ、男のするような厳しい仕事もその細い身で淡々とこなす。

ヴィリアンは、灰色の目にまっすぐに見つめられた。

まずは用件から話してしまおうと、丁寧にかつ慎重に、鉄道会社からの要請を説明する。だがこの大人しげな娘は、交渉ごとになると、意外なほどの厳しさを見せて自分の祖父と同い年のヴィリアンと渡り合ったのだった。しかも、その発言は常に家族や地所に住む人たちのことを思ってのものばかり。

優しく聡明《そうめい》な娘だとヴィリアンは思った。

けれど、話がふと昔のことに及ぶと、娘は灰色の瞳を輝かせて彼の話に聞き入る。身を乗り出し、普通の娘ならば恐ろしがるような戦闘や兵士たちの様子を聞いて相槌《あいづち》を打ち、時には熱心に尋ねてきた。

その姿はかつて彼の膝《ひざ》の上に乗って、同じように話をせがんだある人物を想起させた。

マリエと、その男。

少しも似ていないのに、自分を介《かい》して二人は繋《つな》がっているのだ。

彼は幾度も考え、幾度も否定した。

だが、乾ききったはずの老人の胸にその想いはとめどなく溢《あふ》れてくる。心を潤《うるお》し、夢が形になるのを抑えきれない。

そして、彼は決意したのだった。

マリエに伝えてみようと。


「……なんとおっしゃられた？」

「お受けいたしますと申しました。ヴィリアン様」

驚愕《きょうがく》する老人を前に、マリエは静かに答えた。

「それじゃあ、あなたは、私のこの理不尽な申し出を受けてくださるというのか？　マリ……マリエンティーナ嬢？」

「はい」

「信じられん……まさか……本当に？」

「本当です。自分で決めたのです」

「母上、あなたの母御《ははご》はなんと……」

「私の意思を尊重すると申しました」

「おお！」

　ヴィリアン・リドレイは、その老いた両手でマリエのよく働く若々しい手を取った。そうして彼女の手を包みこんでしばらく俯《うつむ》いていた。老いたりと言えどもヴィリアンは大きな男だった。だが、その広い肩がかすかに震えている。

「なんと言えばいいのか……本当なら、こうしてあなたに会えただけで満足しなければならないのに、こんな……だが、あなたはご無理をされているのではないか。哀《あわ》れな老人の昔話に絆《ほだ》されて……いや、ひょっとすると企業の圧を懸念《けねん》されたか……それならご心配には及ばぬ。私は自分の勝手であなたに申し入れただけなのです」

「いいえ、いいえ。ヴィリアン様。私も自分の考えで受けることにしたのです。そこにはあなた様の過去も、このたびの土地契約も無関係です。偽《いつわ》りはございません」

　マリエはまっすぐに老人の目を見据えた。かつて鷹《たか》のようだと称された彼の鋭く青い目は、今わずかに潤《うる》んで、マリエの灰色の目を見返している。

「私は、あなた様のお孫様、エヴァラード・リドレイ様のもとへ嫁《か》したいと思います」

ああ、ローリィ。

お前はいつも勇敢で優しかった。戦場で俺の命を救ってくれたときも、まるで落としたものを拾うような当たり前の顔で手を貸してくれたな。

俺たちはよく戦い、よく守った。一緒に王都エトアールに凱旋《がいせん》したあと、たらふく酒を飲み、馬鹿をやった。

あれから何十年経《た》つのだろう。

お前も、お前の息子もすでにこの世に亡く、俺はすっかり老いさらばえ、病《やまい》を得て余命いくばくもない。

なのに、これはなんの呪いなのだ？

成長したお前の孫娘マリエは、こんなにもエヴァに生き写しじゃないか。

そして、私によく似たもう一人の男がいる。

お前の死にもエヴァの死にも、立ち会えなかった俺は、まだ昔の幻影から逃《の》がれられないでいるのか？

触れられるほど近くに、お前の恋人と昔の俺がいるんだ。

ああ、これが俺たちの望みだったのか……

俺はなにか間違えやしなかったか、エヴァ。

君の血を受け継いだマリエを、俺は不幸にしてしまうのではないか。

自分が望んだこととはいえ、これから巡り会おうとする二人の未来にヴィリアンは戸惑いを覚えていた。

3　王都の秋、もしくは灰色の婚礼

列車は西へと走る。

ソンムまではまだレールは延びていないので、一番近くの駅、アラインまでは車で行き、そこから西に延びる大陸横断鉄道に乗り換えたのだ。

初めて乗る列車は、車より速くて快適だった。

「驚くことばかりです」

一等席のビロードの椅子を撫《な》でながらマリエは簡潔に言った。この娘はいつも余計なことを言わない。

「ソンムは田舎《いなか》ですね」

「そうだな……ソンムは昔からあまり変わっておらなんだ。私も若い頃に戻ったような気持ちになった」

ヴィリアンはマリエを眺めて呟《つぶや》く。随身《ずいじん》はいたが別に個室を取らせたので、この客室にいるのはマリエとヴィリアンの二人だけだ。

「マリエ、私はもしかしてあなたに……」

「大丈夫です」

ヴィリアンの言葉を遮《さえぎ》ってマリエは頷《うなず》く。

「おっしゃりたいことはわかります。でも、私はきっと大丈夫です。無理はしていません」

「……まるでそこにエヴァが座っているみたいだ」

「おばあさん、ですか？」

マリエは笑った。

「そんなに私、老《ふ》けて見えるのかしら？」

「とんでもない。あなたは瑞々《みずみず》しい若木のようだ。それに私の知っているのは若い頃のエヴァだからね。エヴァはどんなに大変な事柄にぶち当たっても、大丈夫だ、平気だと胸を張っておった。そのことを言うておる」

「でしたら、私もそうですわ」

マリエは胸を張った。

「ははは！　あなたが言うなら、私もそんな気になってくるから不思議だ。だが、言った通り、最初はきっと嫌な思いをなさる。私はなんと言ってあなたに詫《わ》びれば」

「大丈夫です」

マリエは繰り返した。

「ヴィリアン様がいてくださるなら、私は大丈夫です。田舎《いなか》の雑草は踏まれてもすぐに立ち上がるものですから」

マリエは大丈夫と繰り返し、老人の手を取って力強く頷《うなず》いた。


窓から見える風景は、どんどんその様相を変えていく。

荒野《こうや》は遠くに去り、すぐ近くまで大きなレンガの街なみが迫《せま》ってきていた。舗装された道路には、マリエが見たことのないほどの数の車が行き交っている。街灯の形も洒落《しゃれ》ていて、街路樹の手入れも行き届いている。

王都が近いのだ。

エイティス国の王都エトアールは、平原地方の国々の中でも最も大きな街だ。

中心には王宮が聳《そび》え立ち、そこから放射状に街が広がっている。

向こうに見える尖塔《せんとう》は、女王が住まうという王宮の一部なのだろうか？　建物の隙間はほとんどなく、見える範囲ではすべて三階建て以上だ。ここ一帯は電気が通っていて、夜でも明るいという。

見てみたいわ。

マリエは飽《あ》きることなく車窓の外を眺めていた。変化を楽しむ自分なんて信じられない。

都にあるという、大きな市場《いちば》、図書館、清潔に整備された公園や河川。すべては故郷にはないものだ。

ここでは、どんな人たちがどんな思いを抱《かか》えて暮らしているのか。

けれど、マリエの視界は無彩色に沈んでいる。ほんの一刻ほど前まで、車窓の向こうはあんなに色彩で溢《あふ》れていたのに。

さぞ美しいのであろう王宮も、道路も、店も。笑いさざめき行き交う人々もすべて灰色に見えるのは、決して秋が深いせいではないだろう。

自然のものが少ないから仕方がないけれど、灰色に見えるのはマリエがまだこの風景に慣れていないから。

本当は少し怖い。

当たり前だ。生まれて初めて故郷を出て、大都会の見たこともない男と結婚するために列車に揺られているのだ。不安がないと言えば嘘になる。

けれど、今まで当たり前のように日常に甘んじていた自分にとっては、そんな怖さも不安も新鮮だった。

ああ、車輪が一つ回るたびに、私は新しい世界に近づいていく。

それも、ものすごい勢いで。

大丈夫。

私はとても強いのよ。

エヴァおばあさんの孫なのだから。お会いしたことはないけれど、おじいさんも、お母さんも、ヴィリアン様もそうおっしゃってくれた。

だから……

待っていて。どんなことでも乗り越えてみせるから。

まだ見たこともない、あなた様――

列車は規則正しい音と共に、灰色の大きな街へと滑《すべ》りこんだ。

＊　＊　＊

エヴァラード・リドレイは自由を愛していた。

兄を手伝って経営の勉強をしろという両親に反発し、家を出たのは十五歳のとき。

祖父に倣《なら》って士官学校に入学し、優秀な幹部候補生になった。だが、その頃再び勃発した国境紛争で徴兵《ちょうへい》が始まると、学科を中途で放《ほう》り出してすぐに入隊。数年間、一般の兵士として山岳地帯の前線に立った。実戦では目覚ましい活躍を見せ、そのまま順調に昇進するかと思えたが、戦闘が収束すると戦わない兵士にはならないと宣言し、さっさと退役する。

士官学校時代に建築を学んだ彼は、その経験を生かして、国家事業として立ち上げられた大陸横断鉄道敷設《ふせつ》会社に入った。

王都に戻ってからも実家に寄りつかず、用意された宿舎で気ままな一人暮らしをしていたが、突然の祖父の強い要請で、久しぶりに帰宅することになったのだ。

察しのいい彼は、自分の結婚の話だとぴんときたが、それが両親からでなく、祖父からの申し出だと知って、渋々ながらも帰ることにした。

果たして、彼の予想は当たった。

久しぶりに会った祖父は、かつての大柄な骨格を残したままげっそりとやつれていたが、炯々《けいけい》と光る瞳と、他を圧する威厳は少しも衰《おとろ》えてはいなかった。

長く軍にいたからか常に背筋《せすじ》が伸びていて、上背《うわぜい》は自分と変わらないだろう。かつての金髪は今ではまっ白だが、未だ豊かで首の後ろで一つに結わえている。自分と同じ青い目は、家族にさえ和《やわ》らがないことをエヴァラードは知っていた。それに愛想を尽かしたのか、祖母はエヴァラードが生まれたあと、ヴィリアンのもとから去って行ったという。

「来たか、エヴァラード。相変わらずろくでもない生活に身をやつしているようだな」

声にまで威圧感がある。

相変わらず大したじいさんだ……

十代の頃、体術で彼に勝てたためしがなかったエヴァラードは、久しぶりに会った祖父の前でひそかに奥歯を噛みしめた。

少し前から、エヴァラードは少々面倒な事件に巻きこまれていた。

持ち前の容貌と才覚《さいかく》で、昔から女に不自由したことのない彼だが、会社の同僚で二、三回会っただけの女におかしな勘違いをされてしまったのだ。

女はエヴァラードと婚約したと周囲に吹聴《ふいちょう》して回り、憤慨《ふんがい》した彼が否定すると、今度は自殺すると大騒ぎをしだしたため、エヴァラードは非常に不愉快な思いをした。すったもんだの挙句、女は会社を辞め、エヴァラードは上司に厳しく叱責《しっせき》された。自分に落ち度はないと思っていたが、周囲にすっかり誤解され、散々な結末を迎えた。

それが家にまで広まってしまったのだ。

扱いにくい末っ子にあまり関心を示さず、好き放題させていた両親は渋い顔をしただけだったが、祖父は違った。激しくエヴァラードをなじり、そして今回彼を呼びつけた目的を告げたのだ。

「この恥さらしめ。いい加減な女とばかり付き合うからこうなるんだ。少しはまともになったらどうだ？」

「だからと言って、会ったこともない女と結婚しろなんて無茶苦茶だろう！　いくら旧友の身内だと言っても」

「だったら会えばいい。会って話をして気に入らなければ、私だって勧めん。第一、彼女に失礼だ。お前には過ぎた娘だからな」

「……そんなにいい女なのか？」

滅多に人を褒めない祖父の入れこみように、エヴァラードはにわかに興味を持って、もう一度写真の娘を眺めた。端整な顔立ちをしているが、正面を見つめる表情はどことなく固く、あまり愛想がよさそうには見えない。

「それはお前が自分で確かめるといい」

ヴィリアンの話によると、娘はすべて承知して国境の町からはるばるやって来たという。にわかには信じがたい話である。エヴァラードも最初この話を聞いたときには、祖父独特のわかりにくい冗談だと思ったくらいなのだから。

「私はすでに後悔し始めているがな。マリエンティーナ嬢にはホテルで休んでもらっている。理不尽を承知で出向いていただいた。お前の態度次第では私にも考えがあるぞ」

ヴィリアンは苦り切った表情でそう言うと、エヴァラードの方を見もせずに足早に立ち去った。

＊　＊　＊

王都に着いた翌日、マリエはヴィリアンに連れられてリドレイ家を訪問した。迎えた夫人がマリエを見て、「まぁ色の黒いお嬢さんね！」と声を上げる。それが義母となるレオノーラであった。

確かに屋内で行動することの多い都会のご婦人に比べると、毎日外で働いていたマリエの肌は生白くはない。自覚があるから別に傷つかないが、なにも面と向かって言わなくてもいいと思う。そしてレオノーラに続いて義姉のネリアが「今時なんて古めかしいお召し物でしょう！」と言ったときには、少々がっかりした。着ていた服がマリエの持っているものの中で、一番新しくて上等のものだったからだ。ヴィリアンから貰った支度《したく》金の残りで仕立てたのである。

横で聞いていたヴィリアンが二人に向かって「お前たちは遠方からの客にまともに挨拶することもできんのか！」と一喝《いっかつ》してくれなかったら、もっと馬鹿にされていたことだろう。

普段ヴィリアンは家族とは別棟で暮らしているそうだが、彼の権威は、長男である現在の家長で貿易会社を経営しているパシバルよりも高いようだった。二人の女はムッとした様子で押し黙る。

そしてその横で笑いをかみ殺しているのがパシバルとレオノーラの末息子であり、ヴィリアンの孫であるエヴァラードだったのだ。

ヴィリアンに聞かされていたマリエの結婚相手。

彼は最初、マリエが入ってきても振り向こうともせず、物憂《ものう》げに窓の外を見ていた。たいそう背が高く、背筋《せすじ》をまっすぐに伸ばしていて肩幅が広い。その後ろ姿は祖父のヴィリアンにそっくりだった。マリエが見つめていると、彼は面倒くさそうに振り向いたのだった。

それが二人の出会い。

エヴァラードは瞳に興味と侮蔑《ぶべつ》を滲《にじ》ませてマリエを見た。

二人は広い空間の中で対峙《たいじ》した。

——ああ、やっぱり。

マリエは想像していた通りの結果に失望した。心の奥底で、もしかしたらと期待していたのだろう。

彼は見目がよく、淡い色の髪は後ろに流れている。目の色も薄いのだろう。昔祖父に見せてもらった若い頃のヴィリアンの姿によく似て——いや、あの古い写真の青年そのものと言ってもいいだろう。

なのに——

マリエは思わず目を逸《そ》らした。

「初めまして。じいさんから聞いているよ。君が俺の花嫁になろうっていう奇特《きとく》な娘さんか」

エヴァラードはマリエの心中を察したのか、皮肉な笑みを浮かべながら彼女を見下ろした。

それは冷たい無彩色の微笑み。

——彼には色がなかった。

＊＊＊

目の前に大人しそうな地味な娘が立っている。

これが祖父の言っていた女なのだ。昨日、祖父に連れられて王都に着いたばかりだという。

「祖父と君には悪いが、俺は結婚という慣習にあまり重要性を感じていない。自分に向いているとも思えんし」

エヴァラードは机にもたれ、所在無げに部屋の中央に立つマリエをとっくりと眺めた。ついさっき、出戻りの姉に馬鹿にされたときも動じなかった娘を。

彼らは今、リドレイの屋敷の二階、エヴァラードの私室にいる。

写真の印象の通り、真面目そうな娘だ。

ただ髪や瞳は、写真ではただ単に濃い色と思っていたのだが、実際は珍しい灰色をしていた。ソンムという国境の町からやって来たという。

エヴァラードもかつては軍に所属していたから、国境付近の様子は知っている。あいにくソンムはあまり知らないが、国境の町にはまだこの国に反感を抱《いだ》く部族や、喰い詰めて流れこんでくる難民たちがいるという。そういう土地で育った娘なのだから、華やかさがないのは当然だ。

じいさんもどういうつもりでこんな娘を俺に娶《めあわ》せるために連れてきたんだか。俺の好みとは正反対じゃないか。かつての戦友の孫娘だとかなんとか言っていたが……

「そうですか……」

娘は言葉少なく答えた。

「確かにいつかは身を固めなくてはならないだろうが、俺は良き家庭人にはなれない。末っ子だから、別に跡継《あとつ》ぎをもうける必要もない。けれど祖父はなんとしても俺を君と結びつけたいらしい。あんな態度だが切望しているのはわかるんだ。だから、形だけでも会おうと思った」

娘は黙ってエヴァラードの話を聞いている。薄い灰色の目を少し伏せ、彼のタイのあたりを見つめていた。その表情からはなにも窺《うかが》えない。

もしかしたら、なにも考えていないのではないか？　あまり気の利《き》くタイプではなさそうだし。

エヴァラードは無遠慮にマリエを観察しながら、たいそう失敬な感想を持った。大陸の国々が出資して設立した鉄道会社に勤める彼の周りには、都会的な美しい女たちが大勢いる。彼女たちと比べると、目の前の娘はいかにも田舎者《いなかもの》じみていていた。

顔立ちや姿はそう悪くはない。肌も真っ白ではないが、きめ細かく滑《なめ》らかそうだ。だが、編んだ髪をぐるぐると頭部に巻きつけた一昔前の髪型や、胸元にレースをあしらっただけの立襟《たてえり》のワンピースは、生地は上質だがどうにも堅苦しく、田舎者の精一杯のおしゃれに見えた。

なのに――

さっき初めて自分を見た瞬間、この田舎娘は明らかな失望の色を瞳に浮かべたのだ。母や姉のあからさまな嘲笑《ちょうしょう》にさえ動じた様子はなかったのに。しかし、表情が動いたのはほんの一瞬で、娘は次《つ》いで、口元だけで微笑んだ。それがエヴァラードの誇りを酷《ひど》く傷つけた。

それから、二人で話そうと彼の部屋に場所を移したのだが、灰色の目の娘は不平や不満を口にするわけでもなく、素直に彼の言葉に耳を傾《かたむ》けている。

ならばどうしてこの娘は自分を見たとき、あれほどがっかりしたのだろう？

都会の洗練された男を見て驚いただけなのかもしれないが、どうもしっくりこない。エヴァラードは女が使う手管《てくだ》は熟知しているという自負《じふ》があった。

不愉快だ。

エヴァラードは今まで感じたことのない奇妙な苛立ちを覚えた。

なぜ会ったばかりの田舎娘《いなかむすめ》に失望されなくてはならないのか。

舐めてかかるなら、思い知らせてやる、とエヴァラードは心を決めた。

「まぁ期待外れというか、期待通りというか、見たままの人のようだね、君は」

「はい」

婉曲《えんきょく》な嫌味が通じないことはもうわかった。しかし、あまりに反応が薄すぎる。

「参ったな。こんな純朴《じゅんぼく》そうな女の子と結婚なんて……じいさんも一体なにを考えているんだか」

彼がそう呟《つぶや》くと、今度は明確な返事があった。

「立派なお方だと思いました」

「え？　ああそれは確かに。その点は同感だ。俺の父は拝金《はいきん》主義の商人、母は俗物だ。だが、祖父は気骨《きこつ》のある軍人だった。俺が唯一尊敬する人物だ」

「はい」

「俺は子どもの頃から祖父に鍛《きた》え上げられてきた。だが、聞いたと思うが、彼はもう長くはない。ゆっくりではあるが、悪性腫瘍《しゅよう》は確実に進行している」

「伺いました」

「だろうな。君も祖父に同情して、この結婚を承諾したのだろう」

「いいえ、私がご病気のことを伺ったのは、あなた様とのお話を承知してからです」

「なんだって!? 君は全く知らない男との婚姻を承諾したというのか?」

「……そう受け止められても構いません」

「金目当てか? なら、あいにくだが兄貴が親父のあとを継いだから、ほとんどの財産はそっちに行くはずだ。あとに残ったものも強欲な姉がかっさらうだろうし、俺は自分の才覚《さいかく》で稼いでいない金など欲しいとは思わん。自分が食えたらそれでいいと思っているからな」

「私も、そうです。生国《しょうごく》でもかつかつですが、なんとかやっていけたので、それ以上は別に要《い》りません」

訥々《とつとつ》と話す様子に偽《いつわ》りは感じられない。これでも人間観察には自信があるのだ。

「ふうん。ならばますます理解できんな……昔の戦友と交わした約束とはいえ、会ったこともない俺と君を結びつけようなどと……」

「あの方にはあの方の深いお考えがあるのだと思います。詳しくは伺っておりませんが、私はヴィリアン様のその気持ちに心を打たれました。生意気に聞こえたら申し訳ないのですが、あなた様と結婚する理由を強《し》いて挙げるなら、そういうことだと思って欲しいのです」

「……」

今までで一番長く喋《しゃべ》ったと思ったら、ほぼ祖父に関する言葉である。なかなか変わった娘のようだった。だが、少なくとも、うるさくあれこれ言うタイプではなさそうだ。

結局のところ、妻にするならこんな風に淡白な女がいいのかもしれない。従順で贅沢《ぜいたく》を言わない平凡な女。

「君はそんなことを考えてここに来たのか？　変わっているな」

「かもしれません。でもヴィリアン様は深い考えをお持ちなのです」

「ふん……だが、君がそんな気持ちで俺の妻になるというのなら……まぁいい。そう言うことなら」

エヴァラードはつかつかと部屋を横切ってマリエの傍《そば》に立った。

「結婚しよう」

平坦な声だった。

「はい」

「俺もまぁ世間で言うところのいい歳だし、すすめられた女と身を固めて、祖父が喜ぶならそれでいい。それに、面倒な女たちが寄ってくることも少なくなるだろうし……いや失礼」

そう言ってエヴァラードは、肩を竦《すく》める。

まずいことを言ってしまった、と彼は視線を避けた。

＊＊＊

マリエは静かに長身の男を見上げる。

「……いいえ」

エヴァラードはわざと気持ちを挫《くじ》くような態度を取っている。マリエにはそれがよくわかった。彼は自分のなにもかもが気に入らないのだろう。

「こういう言い方は、君にはとんでもないように聞こえるかもしれないけれど、祖父はあと一年ももたないと思う。あの人の剛毅《ごうき》なところはそれをすべて受け止めて、なおかつああいう風に泰然自若《たいぜんじじゃく》としてる点だな。だから……こうしよう」

「はい」

エヴァラードの冷ややかな目つきは、とても求婚している男のものではない。夫とな

る男はなにを言おうとしているのか。マリエは身を引き締めて待つ。

「この婚姻は祖父が身罷《みまか》るまでだ」

マリエはその言葉を全身で受けとめる。きっと彼は、自分を見極《みきわ》めようとしているのだ。

「俺たちはその間だけの夫婦になる。偽《いつわ》りの」

「それは……」

マリエの灰色の目にかすかな非難《ひなん》の色が揺らめいた。だが、エヴァラードにはそれがどれほど稀《まれ》なことかわからない。

「確かに。不愉快な言い方だ。だが、現実問題、君だって若い身空《みそら》で、愛してもいない身勝手な男の妻になって一生を無駄にしたくないだろう？　俺にしたところで……こう言っちゃなんだが、君みたいな地味なタイプの女性にずっと縛られるのはまっぴらだ。だからじいさんが生きている間は形だけでも夫婦になって、安心させてやりたい。これでも俺はあの人が好きなんだ」

「……」

「これが俺の精一杯だな。この条件でなくては君と結婚しない。いくら祖父のためでも」

「――わかりました」

マリエは静かに首肯《しゅこう》した。

「え？」

「わかりましたと申しました。それで構いません、エヴァラード様」

「そうか……なら決まりだな。無論《むろん》俺は君に手を出さない。つまり紙の上だけの結婚というとだ。そして俺は不誠実な夫になるだろう。誰か一人に束縛されるのはご免《めん》だ。王都の女たちは魅力的だからな。ほら、断るなら今のうちだぞ。これが最後のチャンスだ」

エヴァラードが念を押すようにマリエに声をかける。マリエは彼の瞳を見つめ返す。

その灰色の目は、ほんの少しだけ揺らぎを見せたがすぐに定まった。

「大丈夫です」

娘の言葉はやはり簡潔だった。

「へぇ、本当に君は変わっている」

「はい。ただ……どうか」

今度は自分の番だ。

マリエは夫となる男をしっかりと見据えた。

意外な強さを秘めた瞳に、エヴァラードは心の奥がわずかにざわめくのを感じる。

「なんだ？」

「あの方……ヴィリアン様には決して私たちの関係を悟《さと》られませぬよう。それを守って頂けるならあなた様はお好きになさって構いません」

自分たちの偽《いつわ》りの関係は二人だけの秘密ということだ。それを守ることさえできるなら、この娘は夫となる男がなにをしても構わないと言っているのだ。

今まで散々女たちに言い寄られたり、関係を強要されたりしてきた彼は、非常に複雑な気持ちになった。

「……寛大な女性だな、君は。それが条件か？　君が嫌な思いをすることになるぞ」

「私は……大丈夫です」

「男嫌いなのか？　それとも虚栄《きょえい》かい？」

エヴァラードは嘲笑《あざわら》う。

「普通です。大丈夫です」

マリエは辛抱《しんぼう》強く繰り返した。

「ふうん、君はずいぶん祖父のことを思ってくれているんだな。確かにあのじいさんは立派な男だが、若い娘向きじゃない。なにが君をそうさせる？」

「私もあの方が好きなのです」

きっぱりした答えだった。

「……なるほど。要するにお互い、あのじいさんのためだということだ。わかった、約束しよう。祖父の前ではかりそめの夫婦だと悟《さと》られないようにする。話は決まった。これからさっそく伝えに行こう。俺たちは夫婦になるのだと。まぁそういうことなら、最初だけでもきちんとしようか……手を」

エヴァラードは芝居がかった態度で腕を差し出し、マリエはそっと目を伏せて夫となる男の手を取った。隣に並んでいても、二人の間にはどうしようもない距離がある。しかし、階下で待つヴィリアンにそれを知られてはならない。

式はその十日後に迫《せま》り、秋は終わりに近づいていた。


晩秋の庭園は花も緑も少なく、手入れが行き届いているはずなのにどこか侘《わび》しく見えた。

空は低く雲が垂《た》れこめ、近づく冬の気配を感じる。常緑樹の厚い葉でさえも寒そうに風に震えていた。庭に集《つど》う人々が着ている服も、どこか鈍《にぶ》い色合いである。

そんな中、マリエが唯一色味を感じていたのは、もうすぐ咲かんとする冬薔薇《ふゆばら》だ。すでにいくつかの蕾《つぼみ》が綻《ほころ》び始め、無彩色の庭の中で、そこだけ赤い炎が点《とも》ったように見えていた。

その薔薇に囲まれた小さな広場の真ん中に、円形の石造りの舞台が設《もう》けられ、蔦《つた》の絡んだ柱が五本立っている。人々はその周りを取り囲んでいた。

天井のない舞台の中央には三人の人物がいる。二人は男で、どちらも背が高く、黒い服を身につけている。そしてもう一人は小柄な女で、こちらはまっ白い——花嫁衣装を纏《まと》っていた。

「……では、ここに署名を」

立会人の祖父、ヴィリアンの重々しくも通る声に促《うなが》され、エヴァラードは示された書紙に勢いのある筆跡で自分の名を書いた。

それから、たった今、誓いの言葉を述べたばかりの花嫁——マリエンティーナに無言でペンを差し出す。その瞳にはどんな感情も宿《やど》ってはいなかった。

しかしマリエはかすかに頷《うなず》き、ペンを受け取った。そしてエヴァラードの名の下にさらさらと署名をする。少し癖《くせ》があるが、のびのびとした文字である。上質のインクが乾くわずかな間を、彼らは黙って待った。

「ここに二人の婚姻が成立したことを宣言する！」

二人の前でヴィリアンは厳《おごそ》かに宣言し、見守る人々に結婚証明書を高く掲《かか》げる。

少し遅れて、正式な夫婦となった二人をあまり盛大とは言えない拍手が包みこんだ。

――あ。

マリエはヴィリアンの肩越しに母を見つけた。

リドレイ家の親戚に囲まれて、その姿は不安げに見える。母は生まれて初めて町を出る弟と妹を連れ、昨日王都に来てくれた。長く家は空《あ》けられないのでギリギリになっての到着だった。目が合うと、母は勇気づけるように微笑んでくれる。

その母の両脇で畏《かしこ》まるレスリーとユーリはなにもかもが珍しいのだろう、彼らの視線はあちこちをさまよっていた。それを微笑ましく見ていると、不意に二人の前に中年の女性が立ちはだかった。

花婿エヴァラードの母、レオノーラである。その横に控《ひか》える若い女性は、マリエの義姉になるネリアだ。

後ろにはレオノーラの夫でネリアとエヴァラードの父であるパシバルがいた。彼は軍人にはならず、友人と協力して貿易会社を興《おこ》し、今ではたいそう羽振りがいいとのこと。しかし、妻レオノーラには頭が上がらないらしい。義父は無口で、マリエはまだほとんど口をきいたことがなかった。

さらに少し離れたところには義兄のジョージアがいる。彼はエヴァラードと違って背がやや低い。その妻のモリーヌは今日は欠席しているということだ。

＊　＊　＊

儀式は粛々《しゅくしゅく》と進み、最後にエヴァラードは花嫁のヴェールを上げて、数日前に会ったばかりの娘を見下ろした。王都では珍しい灰色の髪をした娘を。

彼女は薄い灰色の目を上げた。二人の視線がここで初めて交わった。

誓いの接吻《せっぷん》をすれば、この馬鹿げた儀式は終わる。マリエは花婿となったエヴァラードがそう言っているように感じた。

ああ、くだらない。

実際エヴァラードはこの結婚式をこの上なくおっくうに感じていたのだ。だが、あとわずかの時間堪《こら》えればいい。

身長差があるので、彼は身を屈《かが》めて花嫁を覗きこむ。意外にもふっくらとした唇に一瞬誘われたが、その箇所へ口づけるのはやめておこうと思った。彼の薄い唇は花嫁の額《ひたい》をさっと掠《かす》めるだけにとどまり、それで儀式は終了した。まったく馬鹿馬鹿しい茶番劇だ。

彼の一挙手一投足を祖父、ヴィリアンが見ている。その顔からはなにも推《お》し量《はか》れないが、マリエが悲しむようなことをすれば、自分はこの祖父に見限られてしまうのだろう。

エヴァラードはあまり人に入れこむような性質《たち》ではなく、実の両親でさえも大して敬《うやま》っているわけではないが、祖父のヴィリアンだけは特別だった。彼は強く、厳しく、それでいて人を惹《ひ》きつける。

エヴァラードが傍《かたわ》らに立つ花嫁を横目で見ると、マリエはまっすぐに祖父を見つめていた。

まったく不思議な娘だった。

4　冷ややかな同居人、もしくは始まりの場所

「これが俺たちが暮らす家だ」

　ささやかな結婚式の翌日、エヴァラードがマリエを伴《ともな》ってやって来たのは、王都エトアールの中心から少々離れた静かな住宅街だった。

　下町の賑《にぎ》わいからは少し遠く、さりとて大きな屋敷もない。近辺には池のある公園や市場《いちば》があり、また職人の住む通りも近く住みやすそうな環境だった。

　エヴァラードはそれまで会社から提供された住宅で一人暮らしをしていたのだが、結婚の話が決まった際に祖父からまとまった金を渡された。彼はいらないと突っぱねたが、ヴィリアンに「お前のためではない、マリエのためだ。彼女の住むところを速《すみ》やかに用意しろ」と怒鳴られたので、渋々受け取ったのだ。

　金を渡して家を用意しないところが祖父らしいと苦笑しつつも、エヴァラードはとりあえず礼を言った。五年勤めた軍をやめてから、一級建築士の腕を買われて国家事業を請《う》け負《お》う鉄道会社に入ったが、エヴァラードには貯金がほとんどない。束縛を嫌う彼は

これまで同様、意《い》のままに暮らすつもりだったが、結婚したというのに住処《すみか》が用意できないのはさすがにまずい、そう思ったのだった。

しかし、多忙なエヴァラードが不動産屋を回れるはずもなく、適当に用意させた数件の物件の中から、職場に近い中古の家を購入することにしたのだ。

それが今、マリエの見上げている青い屋根の家だった。

「築二十年くらいだそうだが、掃除はしてもらったし、俺の荷物や適当な家具などはすでに運びこんであるから、君も運んでもらえばいい」

「荷物はこれです」

マリエは手に提《さ》げた黒い鞄を持ち上げた。車で送ってきてくれたリドレイ家の運転手が下ろしてくれたものだ。小さくもなく大きくもない普通の鞄。若い娘の身の回りの品々がすべてこの鞄に入っているとはとても思えない。

「これだけです」

「これって……その鞄一つ？」

エヴァラードは面食らった。

確かに初めて会ったときもこの鞄を提《さ》げていたが、荷物はあとから送ってくるものと思っていたのだ。しかし、祖父が贈った花嫁衣装一式をしまったケースと合わせても、マリエの荷物は二つだけだった。

　エヴァラードと結婚するにあたり、ヴィリアンはマリエには大金と思える金額の支度《したく》金を用意してくれた。しかし、マリエはその金のほとんどを実家の修理のために使ってしまった。古い屋敷は冬を越すたびに傷《いた》みがひどくなっていたからだ。マリエが購入したのは、今着ている緑色の外出着を一着と、新しい下着類だけ。それらすべてはこの古ぼけた鞄の中にきちんと収まっている。

「あの……入ってもいいですか？」

「あ、ああ」

　マリエはエヴァラードが驚いているうちに、黒革の鞄を持ってすたすたと門の中に入って行った。慣例では、両家の家族が見守る中、花婿が花嫁を抱《かか》え上げて新居に入っていくのだが、彼らにそんな親密さはない。マリエの母も屋敷の冬支度をするために、弟妹を連れて今朝慌ただしく故郷に帰って行った。一人残してゆく娘に気がかりそうな視線を送って。

　わぁ。

　門扉《もんぴ》から一歩入った途端、マリエはとても嬉しくなった。

　玄関まで煉瓦《れんが》の小道が続いている。季節がら花は咲いていないが、最近雑草を刈《か》り取ったらしく、辺りはすっきりとしていた。玄関ポーチの段は二つ。上には丸い庇《ひさし》がついている。

マリエは屋根と同じ青色に塗られた扉を開けた。こんなにわくわくするのは久しぶりだった。

玄関ホールの床には色のついた光が花畑のように零《こぼ》れていた。なんだろうと見上げると、扉の上の方に半円形のステンドグラスがはまっている。

ホールの正面には二階へ向かう階段があった。その横には長めの廊下。二階を見るのはあとにして、マリエは廊下を進んだ。すぐ左に客間。その隣は居間兼食堂。さらにその奥が台所で、廊下を隔《へだ》てた向かいに納戸と洗濯室、手洗いが並んでいる。わりと奥行きのある家のようだ。

さほど広くはないが、居心地のよさそうな居間を覗いたあと、マリエは奥の台所へ向かった。食堂と繋《つな》がっていないのはやや不便だが、二人分の食事を運ぶくらいはおっくうではないだろう。台所にはすでに食器や調理器具が用意されてあった。食糧棚にもある程度のものが入っている。流しや調理台なども使いやすそうだ。

いったん廊下に出る。

二階に上がってもかまわないのだろうか？

エヴァラードはどこに行ったのか見当たらない。マリエはためらいながらも階段を上がった。

上《のぼ》りきると、そこにも長い廊下があり、マリエは奥に進んで一番奥の部屋の扉を開け、すぐに閉めた。そこはどうやらエヴァラードの部屋のようだった。大きな寝台と書棚、机がちらりと見えた。その隣は空き部屋で、そこにも立派な寝台と箪笥《たんす》が置かれていた。多分客間なのだろう。

階段の一番手前は浴室だった。二階に浴室があるのは珍しいが、湯が出る設備がちゃんと整っている。そして、右側の一番北の部屋にはしばらく使っていないような家具類が隙間なく詰めこまれていた。おそらく以前の住人が残していったものだろう。

その向かいにもやはり小さな部屋があった。それらがこの家の部屋のすべてだった。

玄関ホールは吹き抜けになっており、廊下の奥まで明るい光が差しこむ。

「素敵」

マリエは小さく呟《つぶや》いた。すっかりこの家が気に入ったのだ。いや、最初に青い屋根を見上げた瞬間から好きになった。

鮮やかに色がついていたから。

結婚式を挙げたエヴァラードの家も、ヴィリアン以外の彼の家族も皆、マリエには灰色に見えた。

あまりに灰色なので、誰が誰だか見分けがつかなかったくらいなのだ。無論《むろん》衣装の柄や声の違いはわかるのだが、色が識別できないのがこんなにも困ることだとは、今までそれほど感じたことがなかった。

わかったのは、エヴァラードの母や姉が、マリエのことをあまりよく思っていないということ。

彼女たちはマリエが田舎《いなか》出身の貧乏地主だということが気に入らないらしく、結婚式のあとに行われた身内だけの披露宴の場でも時折、最初に会ったときの小馬鹿にしたような言葉や質問を投げかけてきた。マリエ自身は構わなかったが、母の悲しそうな顔を見るのがやりきれなかった。

けれどもうあとには引けない。覚悟はできている。

ヴィリアンは自分の身内を容赦《ようしゃ》なくこき下ろした。そしてマリエを望んでくれたのだ。

「エヴァラードに添うてやってくれまいか？　私の目に狂いはない。あいつをまともな男にできるのはあなただけだ」

だが、当の本人はマリエを見下している。

それもわかっていたこと。

マリエは思った。

エヴァラード様のおっしゃる通り、私はただヴィリアン様の御眼鏡《おめがね》にかなったことが嬉しいのだわ。

それだけで私はなんだってやれる。そして、病身のあの方の苦しみを少しでも和《やわ》らげてあげるのだ。

優しい心が傍《かたわ》らになくともへいき。私は自分にできることをすればいい。

だけど、この家はとても……

マリエは新しい家をゆっくりと見渡した。

不意に声をかけられて、マリエは勢いよく振り返った。

「気に入ったか？」

そこにはいつの間に傍《そば》に来たのか、彼女の夫となった人物が立っていた。

――すべて灰色の男が。

表通りから少し離れた、小さな家。

それが今日からマリエの住まう場所だ。

青い屋根と扉。ステンドグラスのあるホール。深い色合いの床、階段、古い家具たち。

そして使いこまれた台所。

どれも初めて足を踏み入れたマリエを温かく迎えてくれている。ここでならやっていけそうだ。知らず頬が緩む。

「とりあえずお茶でも淹《い》れてもらえないかな？　買い置きの物が少しあるから、もし嫌でなければ」

彼は戸口に立つマリエに向かって首だけ捻《ひね》って言った。新妻に頼むには尊大な態度だ。だが、マリエは素直に頷《うなず》いて階下に降りる。

「はい」

台所はそれほど広くはないが、一人で料理をするには充分だ。清潔そうな白い壁には目の高さにだけきれいな模様が描いてある。右手には流しやオーブンやガス台などの調理スペース、左手には食器棚や乾物の入った棚、そして辺境では高級品の冷蔵庫があった。

すべて雑誌でしか見たことのない器具ばかりだ。電気もまともに通っていない辺境の暮らしを考えると、夢のようである。

「すごい……」

初めて使う台所に胸が躍《おど》る。この辺りだろうと見当をつけた棚にはお茶の缶があり、まずまず上等な部類の茶葉が入っていた。やかんもすぐに見つかり、さっそくガス台を使って湯を沸かし始める。

その間、茶器を準備しようと食器棚を開いてみた。残念ながら食器類はあまり趣味が感じられない簡素なものだったが、エヴァラードはその手のものに興味がある男には見えなかったし、ちゃんと食器があるだけで良しとしなければいけないだろう。

そうこうしている間に湯が沸いた。ポットやカップを温め、二人分の茶の支度《したく》をする。傍《そば》に未開封のビスケットの箱が置いてあったのでそれも開けて、菓子皿に載せた。隅に古い木製のワゴンがあったので、それで運ぶ。

居間に戻ると、エヴァラードが長椅子の一角に座ってなにかの書類を読んでいた。マリエが入ってきても顔も上げない。茶を注《そそ》ぎ、どうぞとカップを差し出したところで、彼はやっと顔を上げて書類を脇に置いた。

「ありがとう」

彼がお茶をすするのを見ながら、マリエはどこに座ろうか考えた。安楽椅子の隣に大きめのダイニングセットがあるが、とりあえず彼と同じ長椅子に腰かけた。

＊　＊　＊

エヴァラードの耳に控《ひか》えめな声が届く。

「あの……夕食はどうなさいますか？　なにかご用意いたしましょうか？」

「必要ない。いろいろ大変だったろうし、疲れていると思って通いの人に頼んでおいた。あとで届くと思う」

「はい」

マリエは黙ったが、エヴァラードは彼女の言葉が気になった。

「用意って、君は料理ができるのか？」

「はい。国では毎日作っておりました」

「それは助かる。俺は夕食は外で食べることが多いが、朝食は必ず家でとる方だから」

「ご準備します」

「ところで……」

エヴァラードは椅子に深く腰掛け直すと、昨日娶《めと》ったばかりの妻を遠慮なく眺めた。椅子に浅く座り、背筋《せすじ》を伸ばして彼の言葉を待っている。

彼女の受け答えは簡潔で明解だ。基本的に無駄話をしないエヴァラードにはその方が好ましいが、女としてはどうなのだろう。結婚式の翌日だというのに、やはり髪をきっちりと編みこみ、最初に会った日と同じ緑色の服を着て白いエプロンをつけている。俺《い》れてくれた茶は美味かったが、カップを手渡すときも今も自分と目を合わそうとしない。物腰は丁寧だが事務的だ。

まるでメイドのようだ。

エヴァラードは自分の態度を棚に上げて思った。

彼は今まで女に素っ気なくされたことなどなかった。充分な上背《うわぜい》と広い肩、長い手足。金髪と青い目はこの国ではさして珍しくはないが、整った容貌と洗練された所作は常に周囲の女たちの視線を集める。そしてエヴァラードはそのことに慣れていた。

なのに、彼より八つも若いこの娘は、まるで置き物でも見るように自分を見て、礼儀正しくも堅苦しい態度を崩さない。緊張と田舎者《いなかもの》ゆえの精一杯の虚勢《きょせい》かもしれないが、普段女からこのような態度を示されたことのないエヴァラードにしてみれば、愉快ではない。

こんな面白みのない娘に、じいさんがあれほど入れこんだ理由はなんなのだろう。

「さて、俺たちはこれからこの家で暮らすわけだが、少しは取り決めがあった方が円滑《えんかつ》に過ごせると思うんだ」

「はい」

「俺は二階の表側《おもてがわ》の部屋を使わせてもらう。君はどこでも空《あ》いた部屋を使うがいい。足りないものがあれば言ってくれ」

「わかりました」

「生活費は毎月初めに渡す。できればそれでやりくりして欲しい。贅沢《ぜいたく》はできないが、俺は家で食事をすることが少ないからやれるはずだ」

「畏《かしこ》まりました……家でお夕食を召し上がるときはいつですか？」

「そうだな……突然予定が入ることも多いが、家でとるときは早めに電話を入れるようにする。それから、この家には一日おきに通いの家政婦がきて、掃除や食事の支度《したく》をしてくれていたそうなんだが、週一回にしてもらった。その人があとで来るから、この辺りの様子や商店のことなどを尋ねておくといい。ミドル夫人という」

「ミドルさん」

「あと、女手では困ることもあるだろうから、三日に一度は御用聞きに覗いてもらうように話をしてある」

「ありがとうございます」

「……」

エヴァラードは眉を寄せ、背筋《せすじ》を伸ばして彼の言葉に短く応じるマリエを見やった。

幾度見ても面白味のない娘だ。

「それから……君には大変失礼だと思うが、俺は今までの生活習慣を変えたくはないんだ。今まで一人でやって来たんだし……悪いが、できるだけ俺を煩《わずら》わせることをしないでくれるかな？」

「はい」

「休日も好きなときに起きて、好きなことをする。食事も一人で食べるから、君は好きなときに勝手に食べてくれ。この家では自由にしてもらっていいし、掃除をしてくれるなら俺の部屋に入っても構わない。ただし、机の上と引き出しだけには触れないでもらいたい。仕事の書類や私的な書簡が入っているから。他は別に触られて困るようなものはない」

「畏まりました」

「それからこちらに慣れたら外出するのも結構、友だちを作るのも自由だ。君が誰と会おうと興味はないが、不名誉なことが明るみになるのだけは困る」

つまりエヴァラードはマリエに、男を作っていいと言っているのだ。

「祖父の前ではお互い気をつけること。それで――」

「あの」

マリエは視線を横に流しながら彼の言葉を遮《さえぎ》った。

「なんだ」

「時々はお屋敷へ伺って、ヴィリアン様にお会いしてもよろしいですか?」

「え? ああ……構わない。むしろその方がいいだろう。じいさんも喜ぶ。ずいぶん君を気に入っているようだからな。しかし、家の方に行くとなると……」

退屈している母と姉がここぞとばかりにマリエに嫌味を言うのではないか、とエヴァラードは思った。彼の母も姉も別に悪い人間というわけではないが、甚《はなは》だ俗物なのだ。見栄っ張りで趣味にうるさく、田舎者《いなかもの》のマリエが気に入らない。祖父の前では一応大人しくしていたが、一人で行けば、家で暇《ひま》を持て余している彼女らは嬉々としてマリエに絡んでくるだろう。女たちの関係にさして興味はないが、少々この田舎娘が気の毒ではある。

「それも大丈夫です」

だが、マリエはエヴァラードの内心を読んだかのように言った。

「そうか。まぁそうだな」

初めて会った日にあんな風に馬鹿にされても動じなかったのだから。

つくづく変わった娘だ。

茶器を片づけ始めたマリエを見て、エヴァラードはそう思った。

＊　＊　＊

その夜、マリエはとりあえず主寝室の隣の部屋で休むことにした。

エヴァラードは主寝室を使っているという。その隣の部屋だから、客間かそれに準ずる部屋なのだろう。自分一人が使うには広すぎると思ったが、寝台が準備されているのはこの部屋しかないから仕方がない。おそらく、さっき挨拶に来てくれたミドルさんという家政婦が用意してくれたのだろう。きちんと整えられてはいたが、なんとなく温かい空気を感じた。

簡単な夕食を持ってきてくれたミドル夫人は近所に住む主婦で、子どもたちの手が離れたので収入を得るために家政婦をしていると言っていた。彼女はわからないことはなんでも聞いてと笑い、なにも知らずに二人の結婚を祝福してくれた。エヴァラードは面《おも》映《は》ゆい顔をして苦笑していたが、マリエは最初は灰色だったミドル夫人の顔が、話を聞いているうちにうっすらと色づいてきたことを嬉しく感じていた。

部屋の東側には大きな窓がある。

窓の外は露台《ろだい》になっていて通りが見渡せた。家の前は大きな道ではないから静かだが、それでも隣家や所々に立っている街灯のおかげで、電気を消しても真っ暗にはならない。陽が落ちると途端に闇《やみ》と化す家で暮らしてきたマリエにとっては考えられないことだ。

こんなにお隣が近いのね。近所の方たちともいつか仲良くなれるといいのだけれど。

だが、秋の夜に露台《ろだい》に出ているのはマリエだけだ。風が冷たい。

あら？　露台でこの部屋とエヴァラード様の部屋は繋《つな》がっているのね。

それならやることができたわ。

明日になったら、さっそく自分の部屋を整えなくてはならない。仮初めの夫は、できるだけ煩《わずら》わされたくないと言った。ならば彼の隣の部屋にいてはまずいだろう。気配が伝わるだろうから。

マリエはそっと屋内に引き返すと、今度は洗面所を覗いた。そこは蔦《つた》模様のタイルが貼られた清潔な部屋で割合広く、半身を映せる鏡が壁に取りつけられている。戸棚には新しいタオルが詰まっていた。

奥にある扉は浴室へと繋がっている。ここも洗面所と同じタイルが貼られていた。室内型の脚付きの浴槽がある。浴槽に直接注《そそ》げる二つの蛇口からは、湯や水が出るのだろう。最新型の設備だ。浴槽は真新しいから、エヴァラードがこの家を手に入れたときに購入したに違いない。ということは、夫は自分と同じく風呂が好きで、常に身をきれいにしていたいタイプなのだろう。

とりあえず一つは共通点を見つけたような気がした。

マリエは試しに蛇口を捻《ひね》ってみた。最初は水だったが、しばらくすると湯に変わる。

すごい、こんなのは初めてだわ。

だけど、お風呂を使っていいとは言われなかったし、自分が先に使ってはいけないかもしれない。

今夜の入浴は我慢しようとマリエは決めた。この遅い時間に夫に尋ねるのは憚《はばか》られるので明日尋ねよう。幸い汗をかく季節でもないし、都会の真ん中では土埃《つちぼこり》も飛んでこないから、体も衣類もそれほど汚れていないはずだ。

洗面台からもたっぷりと湯が出たので、顔と体を拭《ふ》いて髪を解《ほど》く。廊下に出ると階下からは光が漏《も》れていた。夫はまだ下でなにかしているのだろう。

マリエはそっと部屋に戻ると、荷物の中から夜着を取り出して着替え、寝台に横になった。

傍《そば》にランプがあったが、闇に懐《なつ》かしさを覚え、あえて点《とも》さなかった。

慌ただしかった数日。

故郷の屋敷にヴィリアン様が訪ねていらしてから、まだたったのひと月しか経《た》っていないなんて信じられない。
ついこの間まで、未来は予想を超えたものにはならないだろうと思っていたのに。
エヴァ、と自分を祖母の名で呼んだ老人の孫と結婚し、王都で夜を過ごしている。
一人で。
なのに寂しくはなかった。
不思議だわ。
本当の夫婦なら、二人で夜を過ごすだろう。
マリエは心配そうに自分を見ていた母の顔を思い出した。
大丈夫よ、お母さん、心配しないで。
私はここでやっていけるわ。
自分で決めたことだから。いつか手紙を書くわね。
マリエはそっと目を閉じる。
なんとかなるわ。なんとかするのは得意だもの。
この家は好きだ。
この街のこともきっと好きになれるだろう。
今は灰色でも、すぐに色がつく。

だけど——

今、階下にいる男の人とはわかり合えるだろうか？　少しは距離を縮められるだろうか？

ふ、とマリエは笑った。

たとえそうはならなくても、私は自分の役割を果たそう。誠実に、心をこめて。自分にできることはそれしかない。

明日から。

そう思ったのを最後にマリエは眠りに落ちた。

それが二人の最初の夜だった。

5　妻の役割、もしくは夫の義務

あくる日、エヴァラードが着替えて階下に降りると、うっすらと空気が温《ぬる》んでいることに気がついた。

奥の台所の方でかすかな物音がするので、娶《めと》ったばかりの妻が、さっそくなにかをしているのだろう。彼は覗きもせず、いつも通り新聞を取りに表に出る。天気のいい一日になりそうだ。

だが、門扉《もんぴ》に備えつけた屋根つきの郵便受けは空《から》っぽだった。今日は休刊日だったかと首を傾《かし》げて居間に入れば、食卓にきちんと畳《たた》まれた朝刊が置いてあった。部屋は暖房がほどよく効いていて心地がいい。一番手前の椅子に腰を下ろすと、物音を聞きつけたのか、背後の扉が薄く開いた。

「おはようございます。朝食を召し上がられますか？」

振り返れば、扉から半身だけを見せて彼の妻が立っていた。

「おはよう。そうしてくれるかな。俺の出勤時間は七時半なんだ」

「はい」

すぐに扉が閉じられる。新聞の一面に目を通している間に再び扉が開き、ワゴンが入ってきてエヴァラードの背後で止まった。広げた新聞の向こうでコトコトと音がする。おそらくカトラリーを並べているのだろう。不意に素晴らしく良い香りがした。

「お」

思わず新聞を脇にどける。ことりと置かれた皿の上には薄く切ったパンに野菜や焼いたハム、チーズを挟《はさ》んだ大ぶりのサンドイッチが三切れ、品良く置かれていた。続いてとろりとしたスープの椀が並べられる。

「君が作ったのか？」

斜め後ろに立つマリエを見上げると、妻はテーブルに向かって頷《うなず》いた。

「ありあわせですが、ミドルさんが用意してくださっていた食材を使わせていただきました」

「へぇ、いただこう。君は？」

「失礼して先にいただきました」

「ふぅん」

エヴァラードはパンを頬張《ほおば》りながら答えた。彼女は昨日自分が食事は一人でとりたいと言ったことをちゃんと守ってくれたのだ。スープに口をつけると、それは濃くて熱いジャガイモのポタージュだった。

「美味い」

エヴァラードは思わず言った。これまで飲んだ中で一番美味なジャガイモのスープだ。

「ありがとうございます」

ほんの少し声が弾んだように聞こえたのは、間違いではあるまい。やはり若い娘らしく、褒められたら嬉しいのだ。たとえそれが容姿や髪形でなくても。

だが、マリエはそれ以上なにも言うことなく、皿の横に濡れたナプキンを置くと静かに下がった。手が汚れたら、それで拭《ふ》けということなのだろう。

パンは少し焼いてあり、さくさくと歯ごたえがよかった。気ままな一人暮らしをしていた頃は冷え切った部屋で、家政婦が作った夕食の残りをコーヒーで掻きこんで出勤するのが常だったのだ。これは想定外の出来事だ。

「……意外じゃないか」

エヴァラードは独《ひと》り言《ご》ちた。

食事を終えた頃、再度扉が静かに開き、香ばしい匂いと共にコーヒーが運ばれてきた。ポットからカップに注《そそ》がれると、目が覚めるような香りがさらに広がる。

「至れり尽くせりだな」

一口含んでからエヴァラードが軽口を叩くと、マリエは小さく会釈《えしゃく》を返した。そしてお代わりはこちらにとポットを指して出て行った。

たっぷり朝食をとり終え、歯を磨《みが》き、身だしなみを整える。ちょうど出勤時間だ。階段前のボードには、昨日帰宅した際に投げ置いた外套《コート》がきちんと掛けられている。

「帰りは少し遅くなるが、夕食も頼めるか？」

結婚の話が持ち上がってからはずっと実家に帰っていたから、久しぶりに外で食事をしたかったが、新婚生活一日目でそれはよろしくないと思い直したのだ。

「はい」

「九時には戻る」

玄関の扉を開けると、眩《まぶ》しい朝の光と冷気が塊《かたまり》となってなだれこんできた。身が引き締まる。

こんな朝は好きだ。

エヴァラードは空を見上げた。特別休暇を三日も取ってしまったから、今日からまた忙しくなるだろう。鉄道はどんどん東へと延び、もう少しでソンムに到達する。ソンムではつい先日から駅舎の工事も始まっているはずだ。大陸を縦断する南北線も土地の買収が終わり、ひと月後には着工予定だ。エヴァラードの仕事はどんどん増えるだろう。

振り返れば、ホールの奥に妻が立っている。階段の陰《かげ》になって姿はよく見えなかった。

「行ってくる」

「行ってらっしゃいませ」

灰色の妻はそう言って頭を下げた。

彼らの結婚生活はこのように始まった。

＊＊＊

「さて」

夫を見送ると、マリエは即、行動を開始した。

朝食の片づけなどはほんの一瞬ですんでしまう。まだまだ体を動かしたい。それには掃除が一番だ。

どういうわけか、心が浮き立つ。

箒《ほうき》を見つけたマリエはさっそく廊下を掃《は》きだした。

なにもかも新しいことばかり。

今までは国境の町でほとんど変わり映《ば》えのしない毎日を送っていた。それが当たり前だと思っていた。慣れ親しんだ家、人々、風景、そして仕事。それらになんの不満もなかったし、家族を心から愛していた。けれど、一方で新しい世界に身を置いてみたいと思っていたのだ。

そしてマリエはヴィリアンに再会し、この国の王都、エトアールにやって来た。

夫となったエヴァラードは、祖父のアルバムに写っていたかつてのヴィリアンとそっくりで、初めて会ったときはひそかに驚いた。けれど彼は、古い印画紙の上に貼りついているわけでもないのに色がなかった。だからマリエは酷《ひど》くがっかりしたのだった。しかし、考えてみれば、初めて会った人なのだから、灰色に見えたところでそれほど驚くことではなかったのかもしれない。同じ顔だが同一人物ではない。

ヴィリアンが特別だったというだけのことだ。

けれど、そのことがなぜだか少し悲しい。

まるで古い友だちに忘れられていたような感覚。

かつて毎日のように眺めていた写真の青年は、手を伸ばせば触れられる存在となって彼女の前に現れた。しかし、その口から零《こぼ》れる言葉は心ないものばかり。それはいい。一番心に刺さったのは、ヴィリアンの命を見限ったことだ。

確かに彼の命は短いのかもしれない。だが、正面切って言われると酷《ひど》く辛い。顔には出さないようにしていたけれど。

エヴァラードは彼なりに祖父を愛しているのだろうが、祖父の存命中だけの偽《いつわ》りの結婚を提案されたときは驚いた。それは彼の最大の譲歩なのだろうけれど。

でも……

マリエは思った。

やはり似ている。

ヴィリアンだとて、マリエには優しいが、普段は決して人好きのする人間ではないだろう。自分の身内に辛辣《しんらつ》なものの言い方をするのを何度も聞いた。彼らは姿だけでなく中身もそっくりだ。

ヴィリアンは二人が結ばれることを望みながらも、孫が仕事以外では勝手気ままな私生活を送っていることをマリエに正直に伝えた。彼はマリエがエヴァラードとの結婚を承諾してからも、幾度か孫息子のことを話してくれたのだ。

マリエは手を止めて目を閉じて、ソンムでのヴィリアンとのやりとりを思い出した。

国境の町の東に広がる荒野《こうや》を馬で駆け、遠くに見える黄色い山並みを二人で眺めていたとき、彼は言った。

「あいつ——エヴァラードは若い頃の私にそっくりだ。あいつを見ていると昔の自分を思い出して胸が痛む……いや、外見だけではなく、傲慢《ごうまん》な性格や、冷めた考え方などすべてがな。だが、私はローリィ、そしてエヴァに会って、人生が思い通りにはいかないことを知り、そしてそれも悪くはないことを学んだ」

「ヴィリアン様は、私の祖父母のことが本当にお好きだったのですね」

「ああ。あんなにわかり合えた友人はあとにも先にも彼らだけだ。そしてあなたは、あの頃のエヴァによく似ている。見かけというより、その——心の在《あ》り方が」

「私は祖母のように美人ではありませんから」

気心の知れた友人にするように、マリエは少し膨《ふく》れて見せた。

「いやいやいや、あなたは美しい。いやお世辞《せじ》じゃないよ。確かに都の当世風のご婦人たちとは少し違うが、あなたの持つ輝きは私にはよくわかる。長く世間を渡ってきた男の言葉を信じなさい。あなたの美しさは本質的、普遍《ふへん》的なものだ。あなたの姿かたちは、心根の美しさをとてもよく反映している」

「お孫様のお名前は、祖母から取ったのですか？」

マリエは老人を見つめて言った。

老人は遠くの空を見つめて呟《つぶや》いた。吹きつける荒野《こうや》の風は乾いた草の匂い。

「――そうだよ」

彼はそれ以上なにも言わなかったし、マリエも聞こうとは思わなかった。

「……馬鹿な老いぼれの夢と笑えばいい。だが、私はあいつにあなたを会わせてみたかった。エヴァラードは能力だけで世の中を渡って行けると信じている大馬鹿者だ。よくない噂も聞く。あなたは無条件で結婚を承知してくださったが、会ってみて、もし奴を好かぬと思えば、いつでも断ってくれていい。ただ、もしそうでなかったなら、結婚とは言わぬ、あいつとしばらく付き合ってやってくださらんか。もし性根が腐りきっていないなら――最後の機会をやりたい」

ヴィリアンは自嘲《じちょう》した。

そして、マリエは馬上で彼の手を取ったのだった。


――あれからほぼひと月余り。

夫となったエヴァラードが仕方なく自分と結婚したことに、嫌悪感は湧かなかった。

マリエとて、この結びつきに情愛を求めていたわけではなかったからだ。

けれど、同じ屋根の下で共に暮らす以上は、上手くやっていきたいと思う。彼が自分を見て煩《わずら》わしいと思うのならば、できるだけ目に触れないように暮らすのがいいだろう。でも、自分にできることをして、エヴァラード様に少しでもこの家に居心地のよさを感じてもらえたら嬉しい。彼が気づいたときには料理や掃除ができている、そんな風にしていればいいのだ。

そしていつか、家族とは言わないまでも、仲間か同志くらいには思ってもらえたら――結構面白いかもしれない。一つ屋根の下に一緒に住んでいるのに、姿は見えないなんて、まるでおとぎ話に出てくる妖精のよう。

マリエは自分の考えにくすりと笑った。

幸い、自分は働くことが好きだし、家事も慣れている。あの古い屋敷で家族の世話や、地所《じしょ》の管理をしていたのと比べれば、こんな小さな家の切り盛りなどたやすいことだ。

マリエはどんどん掃除を進めていった。掃《は》き掃除の次は拭《ふ》き掃除。桶《おけ》にたっぷり水を張る。

ヴィリアン様、おっしゃられた通り、お二人はとてもよく似ています。違いは私を認めているか、いないかだけ。

そう思いながら力強く雑巾《ぞうきん》を絞《しぼ》る。

でも大丈夫。私の気持ちは変わらない。たとえ短い時間であろうとエヴァラード様と夫婦になって、ヴィリアン様に安心していただくの。

それに自分が誠意を尽くせば、いつかは灰色のエヴァラードにも色がつくかもしれない。そしてそのとき、彼の髪や瞳がヴィリアンの持つ色と同じだったらいい。

そう考えると、マリエは勇気が出るような気がした。

「そら、できた！」

マリエは最後の一拭《ひとふ》きをして雑巾《ぞうきん》を桶《おけ》に突っこむ。

心が定まれば気持ちは軽くなる。やることは多ければ多いほどがいい。

昨夜ミドル夫人から聞いた市場《いちば》や公園などを見て回りたいが、まずは自分の部屋を決めなければ。

マリエは元気よく二階に上がった。どの部屋を使うかはもう決めてあった。

階段を上がってすぐの小さな部屋。小さな寝台と衣装戸棚が備えつけられているから、かつては子ども部屋だったのかもしれない。洗面設備はさすがにないが、風呂場が近いから問題ないだろう。あとは物置から必要なものを探して持ってくればいい。まずは寝台から整えよう。

マットレスはまだ使えそうだし、納戸には真新しいシーツがたくさん入っていた。布団がないが、あとでどこかで購入すればいい。高いものでなければ母が持たせてくれた金で購入できるはずだ。昨夜使ったエヴァラードの寝室の隣の部屋は客間にでもすればいいだろう。客があるかどうかは知らないが。

さっそく自分の荷物を取りに行く。持ち物が少ないとこういうときに便利だ。

運びこんだ鞄から出したのは、普段着にしている洋服三着と外出着。これらは衣装棚に吊るすことにする。それから細々した私物を出そうとして、マリエはふと手を止めた。

全部出すことはないのかも。

この結婚は永遠を誓ったものではないのだ。

そう考えてうっすらと心底《しんてい》が寒くなった。

ヴィリアンの病《やまい》のことは考えたくはないが、エヴァラードの話の通りだとすれば、いずれ自分は放《ほう》り出される。そう思うと、この家に馴染んでしまうのは躊躇《ためら》われた。すでに愛着を感じ始めていたのだ。

だけどこの家を好きになってはいけないのかもしれない。

ほどよく古びた壁も柱も、階段も廊下も。部屋たちは始めから暖かい色合いで彼女を迎えてくれたし、台所に至っては昔なじみの友人のように感じたけれど。

「いけない」

マリエは慌てて首を振った。

へいきだったら！　こんなに堂々巡りばかりしていてはだめよ。

「働け！」

マリエは再び下降しかけた思いを振り切って立ち上がった。

ぐるぐる考えこむのはもうやめよう。そう決めて動き始める。

必要なものだけを取り出すと、鞄を戸棚の奥にしまい込んだ。終わってみると、自分でも呆《あき》れるくらい物が少ない。部屋の狭さと相《あい》まって、若い女の私室とは思えないほど、殺風景《さっぷうけい》な部屋となった。

家の中は概ねきれいに掃除されているので、今日全てする必要はないし。あとで庭に咲いていた花を摘んで空《あ》きビンにでも挿《さ》そうか。次は台所を調べてみよう。夫は夕食を食べると言ったのだから、残っている食材を確認して買い物に行かなければならない。

朝、台所を使ってみてわかったのだが、以前ここを使っていた主婦はとても料理が好きだったのだろう。台所の間取りが機能的で非常に動きやすかったのだ。ただ食器だけはエヴァラードが揃《そろ》えたのか、無趣味で最低限のものしかなかったから、できたら安くて良いものを買い足したい。食器ならば割《わ》れない限りずっと使える。いつかマリエがこの家を去るときに、残して行ったとしても誰も困らないだろう。

一度心が決まれば、マリエの行動は早い。

さぁ、外に出よう。

エプロンを外して顔を上げる。家の中はすべて清められ、マリエは満足しながら自分の仕事を眺めた。

この家はとても明るい。

「……ヴィリアン様、私は大丈夫ですよ」

窓に広がる王都の空に向かって呟《つぶや》いた。

マリエは外套《コート》を着こんで外に出た。

正午にはまだ少し時間がある。

秋の終わりの良い天気を逃《のが》す手はない。

静かな一角を右に折れると大きな道に出た。昨日車で通ったからよく覚えている。大通りを進むと広場の手前に大きな市場《いちば》があり、昼の買い物客で大変賑《にぎ》わっていた。

マリエは八百屋、肉屋を回った。朝の様子から察するに、夫は食欲は旺盛《おうせい》な方らしい。少し多いかもしれないと思って出したサンドイッチをぺろりと平らげたのには驚いた。

それならば……

マリエは乾物屋を回ることにした。粉類を買おうと思ったのだ。途中に家具屋があったので自分の布団を注文し、夕方に届けてもらう手配をする。自由に買い物をするのは楽しかった。

街並みは美しいと言えない部分もあったが、親しみが持てる。人々に色がないのは仕方ないけれど、店屋の店主たちとは普通に話ができたし、親しくなればそのうち色もつくだろう。だからマリエは困ったりはしない。いつものことだから。

花屋を見つけたので、マリエは小さな花束を作ってもらった。

居間に飾ったらきれいだろう。そこから二、三本抜いて、自分の部屋にも飾ってみよう。

帰り道は公園の傍《そば》を通った。少々遠回りになるが、マリエは方向感覚がいいので心配はいらない。

金物屋、薬局、少し足を延ばせば図書館もあるらしい。慣れたら行ってみようと思った。

郵便局もあったので、切手や便箋《びんせん》を少し買った。

母たちが心配しているだろうから、今夜にでも手紙を書こう。

夫の帰りは夜になるのだし、充分時間はあるはずだ。

「さて、お迎えはどんな風にしたらいいのかしら？」

時計屋の飾り窓に自分を映しながら、マリエは首を傾《かし》げた。

＊＊＊

「おいおい、リドレイ、まだ残っていたのか。新婚だってのにずいぶん熱心じゃないか」

設計一課と書かれた扉が勢いよく開いて陽気な声が響《ひび》いた。広い室内に残る人影はまばらで、時計の針はすでに夜の八時を回っている。部屋に入ってきたのはハリイ・ハリエットという男で、エヴァラードの同期だった。

「突然結婚して身内だけで式を挙げたと思ったら、もう猛烈《もうれつ》に仕事をしているのか？」

「なにが猛烈なもんか！　俺が休んでいた間、周りの奴が仕事をしていなかっただけじゃないか。工事はどんどん進んでいるんだぞ。おかげで大迷惑だ」

「おやおや、夕食は？」

「まだだ」

エヴァラードはカップに残っていた冷めたコーヒーを呷《あお》った。

「新婚早々奥さんはたった一人でお留守番かい？　寂しいだろうに、気の毒だ」

「気の毒？」

エヴァラードは聞き慣れない言葉に思わず顔を上げる。その言葉はあの灰色の娘にはそぐわないような気がしたからだ。

今朝の風景が蘇《よみがえ》る。彼にはほとんど姿を見せなかったが、問いかけると短い返事をよこした。自分に関心を寄せないのは、強がりからか。単なる変わり者だと思っていたら、美味い朝食を作ってくれた。そしてそれを褒めると、嬉しそうにほんのりと頬を染めていた。

けれど一人で待っていることに寂しさを感じるような娘には見えなかった。

「早く帰ってやれよ。きっと奥さんはご馳走《ちそう》を作って、首を長くして待ってるぞ」

「そう……だな」

これが結婚直後の男に対する、世間一般の接し方というものなのだろう、とエヴァラードは思った。

ハリイは真面目ないい奴だ。いい奴過ぎていまだ独身だが。

エヴァラードは苦笑しながらトレス台の光源を落とした。ちょうどキリがいい。

「帰る」

「ああ、そうしろ。……でな、おせっかいかもしれないけど、お前身を固めたんだから、もう妙なことはするなよ」

ハリイが言っているのは、エヴァラードの過去の女性問題のことだろう。気安い口調だったが、それを聞いたエヴァラードは途端に不愉快になった。

「馬鹿言え、あの女に俺はなにもしてないぞ。せがまれて二度ほど食事をしただけだ。まったく、なんであんなことになったんだか、たちの悪い冗談みたいな一件だったぜ」

「知ってるさ、あの件ではたまたまお前が被害者だった。けど、俺はお前とは長い付き合いだからあえて耳の痛いことを言うが、お前は今まで、女関係じゃあんまり褒められた奴じゃなかったんだぞ」

ハリイ・ハリエットは名前こそ愉快な響《ひび》きだが、中身はいたって堅実な男である。そして、女性と付き合ってもなかなか先へ進めないので、女の方から痺《しび》れを切らして振られるケースが多い男でもある。二人は同期で馬は合うのだが、この点においてだけは全く両極端だった。

「大丈夫なんだろうな」

見た目も能力も、人並み以上のエヴァラードに言い寄る女はかなり多い。今までは休日に女性を伴《ともな》って出かけることも多かった。ただ、女ならば誰でもいいという漁色家《ぎょしょくか》ではなく、もっぱら後腐れなく付き合える物わかりのいい女を選んでいたというから、同性には腹の立つ話だ。だが、それは今までエヴァラードが独《ひと》り身《み》だったから許されたこと。

「結婚は冗談なんかじゃない。不実なことだけはするなよ」

「お前には関係ない」

いくら親しくても、自分の女性関係を他人に詮索《せんさく》されるのはご免《めん》だ。離れた席で仕事をしている同僚が仕事の手を止めて、二人に興味のある視線をよこしている。

そのとき、傍《そば》で電話がけたたましく鳴った。彼の直通電話である。

「はい」

『エヴァラード？　ご結婚おめでとう』

艶《つや》のある美声。

「君か」

『あら、ご挨拶ね。お祝いを言いたかっただけなのに』

「君が言うと怖いね。お手柔らかにお願いしたいもんだ」

『ふふふ……元気がないわね』

「さっそくこき使われているからね」

『まぁそれは奥様に？』

「仕事にだよ」

『あらあら、大変ね。なら、しばらくは大人しくしてるわ。ちょっと声が聞きたくなっただけなの。気が向いたら連絡して』

そう言って電話は切られた。エヴァラードはため息をついて立ち上がる。その腕をハリイが強く掴《つか》んだ。

「お前……まさか」

「ははは！　ハリイ、なんて顔をしている。そんなに俺は信用ならないか？」

エヴァラードはわざとらしく陽気に言った。

自分はそれほど酷《ひど》いことはしていないはずだ。仮初めの関係だと、ちゃんと最初に言った。あの娘はなにもかも承知のうえで自分と結婚したのだ。

「けど……」

「さて、帰るとするか。愛しの妻が待つ我が家へ」

「おい、リドレイ！」

「じゃあな、お疲れさん。お前も早く帰れよ。今夜は冷えるぜ」

上着を取ってエヴァラードは出てゆく。淡々としたその態度には、新婚の夢覚めやらぬ初々《ういうい》しさなど、微塵《みじん》も感じられなかった。

職場から家までは徒歩で三十分かかる。家に着いたときは九時を過ぎていた。玄関には灯りが点《とも》っていたが、薄暗いホールに人の姿はない。

……まぁ、待ち構えられてお帰りなさいませ、なんてのも面倒くさい話だからな。これでいい。

だが、外套《コート》を脱いでいるとお帰りなさいと声がして、廊下の奥に小さな人影が見えた。マリエが台所から出てきたらしい。

「ああ、ただいま」

エヴァラードは鷹揚《おうよう》に答えた。

「お夕食は」

「着替えたらすぐに食いたい。腹が減っている」

「はい。ただいますぐに」

そう言うと影は引っこみ、エヴァラードは自室へと階段を上った。夜道は寒かったが、人が待っている家はこんなにも暖かい。

廊下の突き当たりの自室に入ると、小さな灯りが点《つ》いていて、乱れた寝台がきれいに整えられているのがわかった。言っておいた通り、机は弄《いじ》られた形跡はないから必要なことだけをしてくれたのだろう。部屋もほんのりと暖かい。マリエは無口な娘だが、よく気のつく性質《たち》のようだ。寒い中を帰ってきたエヴァラードはありがたいと思いながら、服を脱いで部屋着に着替えた。

食卓につくと、すぐに熱々のスープが運ばれてきた。細かく刻んだ野菜が入っている。

さっそく一匙口《ひとさじ》に含むと、腹の中に温もりが染み渡った。次に出されたのは深い皿にたっぷり盛られた牛肉の煮込みだった。濃厚なソースが絡んでいる。ソースをつけて食べられるように、薄く切ったパンも添えられていた。

「美味い」

肉はほろほろと崩れるほどに柔らかい。エヴァラードは夢中で食べ続けた。

「お酒は召し上がられますか」

「いや……ああ、やっぱり少しだけもらおう。買い置きのものがあったはずだ」

「これですか？」

驚いたことに、葡萄酒《ぶどうしゅ》がすぐに差し出された。恐ろしいほどに気が利《き》く。

「君は料理が得意なのか」

「このくらいは普通でしょう」

マリエは酒の詮《せん》を開けてグラスに注《そそ》ぎ、エヴァラードの前に置いた。赤い液体がゆらゆらと揺れる。

「へえ。ところでこの煮込み、まだあるかい？」

「少し残っています。入れてきましょう」

背後から腕が伸びてきて、エヴァラードの前から皿を攫《さら》った。

「……ふぅん」

エヴァラードは雑誌を眺めながら思った。

悪くない。これが結婚か。

こんなに満足した夕食は久しぶりだった。遅く帰ってもなにも咎《とが》められず、黙って座れば美味い食事と酒が出てくる。これ以上の贅沢《ぜいたく》はないだろう。

勝手なことを考えていると、二階へ上がる軽い足音がする。夕食の片づけを終えた妻が自室に引き上げる音だろうか？　時間は十時を過ぎている。エヴァラードもそれから少ししてゆっくりと腰を上げた。

戸締まりを確かめ……るまでもなく鍵が掛けられているのがわかったので、彼は苦笑いをしつつ二階に上がった。右手の浴室の扉が開いている。覗くと、黒い服が見え隠れしている。マリエが浴槽に湯を張っているのだ。彼のために風呂の支度《したく》をしてくれているらしい。心遣いに応えるために、冷めないうちに入った方がいいだろう。

顔を上げたマリエと不意に目が合う。会釈《えしゃく》をするとすぐに逸《そ》らされ、お風呂の支度が整いました、と言って彼の横をすり抜けて行ってしまった。

なんなんだ……

さすがに着替えまでは用意されてなかったので、それは自分でしろということなのだろう。エヴァラードは可笑《おか》しくなったが、とりあえず入浴の準備をすることにした。部屋はさっきよりも暖かった。湯冷めをしないようにという気配りだろう。布団をめくると、なんと湯たんぽまで入っていた。

俺が寒がりだと思ったのかな？

この家に湯たんぽなるものがあることさえ知らなかった。まるで子どもに戻ったようだ。

「悪くない……確かに悪くはない。もしかしたら俺はとんでもない幸運を拾ったのかもしれないな」

最近癖《くせ》になりつつある苦笑いを浮かべながら、エヴァラードは呟《つぶや》いた。

目覚めると新婚生活三日目。

エヴァラードは起きるとすぐに体が動く性質《たち》である。

大きく伸びをすると、すぐに温かい寝台から出て身支度にかかる。リドレイ家特有の金髪は手ぐしで整えるだけで様《さま》になる。シャツを羽織り、タイをきちんと結び、上着を持って部屋を出る。

扉を開けるや否《いな》や、鼻腔《びこう》をくすぐったのはとてつもなく良い香り。階下へ下りていくにつれてその香りは豊かさを増した。

これは――

パンを焼く匂いだ。

エヴァラードは懐《なつ》かしくその香りを吸いこんだ。

子どもの頃、祖父と通っていた軍の鍛練場の帰りにパン屋の前を通ると、これと同じ匂いがして、思わず腹が鳴ったものだ。

居間に入れば、昨日と同じように新聞が置いてある。広げて読んでいるとほどなくして扉が開き、マリエがおはようございます、と小声で挨拶しながら入ってきた。

「おはよう。いい匂いだな」

「パンを焼きましたから」

「君はパンが焼けるのか」

「はい。昨日乾物屋さんでよい粉を見つけたので」

そう言いながら差し出された籠《かご》には、美味しそうにきつね色に焼かれたロールパンが盛られている。次《つ》いで野菜入りの炒《い》り卵に、良い焼き色のついた分厚いべーコンを添えた皿が並べられた。今日のスープは人参《にんじん》かカボチャでも使っているのか、濃い黄色をしている。これも堪《たま》らなく美味そうな香りを放《はな》っていた。

まだ温かいパンを手で割《わ》ると、ほかほかと湯気が立つ。バターを塗れば、ほどよく溶けて生地に絡んだ。思わずかぶりつく。素晴らしく美味い。

「焼きたてのパンなんて久しぶりだ」

リドレイの実家では、パンは業者が毎朝配達しているから、食卓に焼きたてが出されることはなかった。母も姉も料理などしたことがないくせに、美食家ぶって人の作ったものに文句を言うだけである。祖父ヴィリアンは彼女らを苦手として、祝日でもない限り母屋で食事を共にしない。父のパシバルは不在がちで、幼い子どもを持つ兄夫婦は現在、別に居《きょ》を構えている。だから、エヴァラードは家での食事というものをあまり楽しんだことはなかった。

「美味い」

エヴァラードは素直に言った。

「ありがとうございます」

相変わらずマリエは彼の斜め後ろから返事をする。彼女と目を合わせるためには振り向かなくてはならないのだけれど、視線を交わすことはほとんどない。

「これから毎日焼いてくれるのか?」

だからエヴァラードは体を捻《ひね》って妻に尋ねた。今日の服は濃い藍色《あいいろ》をしていて、その上に白いエプロンをつけている。これではメイドそのものだ。

「良ければそういたします」

「そうしてくれ。起きるのが楽しみになる」

「コーヒーをお持ちしますね」

褒められると、マリエはやっぱり少し嬉しそうにして台所に戻っていった。妻の表情の変化が見られるのは、このわずかな瞬間だけだ。それ以外は、まるで視界に入れたくないように彼の死角で控《ひか》えている。ここまで自分に無関心な女は見たことがない。

だからこそなのか、エヴァラードは少し踏みこんでみる気になった。この娘の心を揺らしてみたくなったのだ。優しくて無関心で揺るがないその心を。

「マリエンティーナ」

「はい」

名を呼ばれて驚いたのか、コーヒーを注《そそ》いでいた娘は顔を上げた。灰色の瞳に一瞬自分が映る。戸惑うその瞳を見て、エヴァラードは意地の悪い満足感を覚えた。

なんだ。やっぱりただの純情な田舎娘《いなかむすめ》じゃないか。

「うん、やっぱり君の名前は長いな。俺もじいさんと同じようにマリエと呼んでもいいかい？」

「どうぞ、そう呼んでください。親しい人は皆そう呼ぶので」

「じゃあ、マリエ」

うん、この方がいい。妻は少し首を傾《かし》げて、自分がなにを言い出すのか待っている。

「はい」

「君はいつもそんな服を着ているのか」

エヴァラードは無遠慮にマリエを眺めて言った。首の詰まった身ごろはピンタックが胸元にある他はほとんど飾りがない。袖は中途半端に膨《ふく》らんでいて、足首がかろうじて見える長さのスカート丈は、膝丈《ひざたけ》が主流の都会では流行遅れもいいところだ。体型は悪くなさそうなのに、服のデザインがよくないため、どうもすっきりと見えない。

「……変でしょうか？」

マリエは自分の胸元に視線を落として答えた。村の仕立て屋に作らせた普段着である。ちなみに同じような物があと二着ある。

「変……というより、不格好《ぶかっこう》すぎないか？　そんな服を着た女は見たことがない」

「そう……ですか」

声の調子がわずかに下がる。自分の着ているものをけなさられたら、大抵の女は居たたまれなくなるだろう。若い女ならばなおさら。だが、マリエは静かに答えた。

「流行を気にしたことがなかったので」

「ふぅん。まぁ俺が口出しすることでもないか。だが、どこかへ訪問するときは、もう少しましな物を着てほしいが。それでは連れて歩く気にもなれん」

これでもこたえないかとダメ押しをしてみると、マリエは肩を落とした。常に姿勢のいい背筋《せすじ》が丸まっている。エヴァラードはその顔を見てみたいと思ったが、さすがにこれ以上苛《いじ》めるのは気が引けたのでやめた。ちょっとからかってみたかっただけなのだ。

「気をつけます」

「……口答えしたっていいんだぞ」

失礼な言葉にも淡々と応じるマリエに、エヴァラードは拍子抜けして言った。気を悪くして感情を乱したところを見てみたいと思ったのだが、あえなく失敗だ。少しは落ちこんでいるようだが、反応が乏《とぼ》しく、面白くない。

「……まぁいい。君は俺がなにを言ってもこたえなさそうだ」

妻に興味をなくしたエヴァラードは食事を続けた。だが、マリエは珍しく台所に下がろうとしないで、尋ねてきた。

「あの……」

「なんだ?」

朝食を平らげたエヴァラードは、新聞から目を上げずに応じる。

「どこかへ訪問するとおっしゃいましたが、例えばどちらへ？」

「ああ、まぁ君を連れていくことはそんなにないだろうが……ええと、そうだな。まず兄夫婦の家だ。式のとき兄嫁はいなかっただろう？　義姉のモリーヌはあのとき、息子が気管支炎で入院してたんで手が離せなかったんだ。けど、どうやら大丈夫だったそうだから、そろそろ動き始めるだろうな。彼女は社交的だから、そのうち家に呼ばれると思う」

「はい」

「それから仕事の付き合いもある。俺が勤めている鉄道会社には複数の国が出資しているから、節目節目に親睦の行事やパーティーがある。大抵は夜に開かれるから、妻同伴でないとまずい」

「……」

「そういう催《もよお》し事の経験は？」

「ありません」

「そうか。まぁそうだろうな。田舎《いなか》の村祭りとはわけが違う」

エヴァラードはにやにやしながら、俯《うつむ》くマリエを見た。

王宮の夜会には及ばないだろうが、鉄道会社の催《もよお》しも華やかなものだ。重要な路線の開通式などには、女王や各国の王族が呼ばれる場合もある。年齢の割に老成《ろうせい》した生意気なこの娘が、そんな場で怖気《おじけ》づくのを見るのも一興《いっきょう》かもしれない。

「だが、心配することはない。適当に挨拶を済ませたら、君は先に帰るといい。君一人いなくなったところで誰も気づきゃしないさ」

誰もが目で追う美しい女ならばともかく。

エヴァラードは冷淡に言った。

「はい」

「今のところ、社交はそれくらいかな？　ああ。あと、母や姉が親父の会社がらみの付き合いで、年に二回ほど別荘で茶会やピクニックを催す。だが、これまで俺はあんまり参加したことがない。だが結婚したのだから、次は来いと言われるだろうな。一度顔を出せば文句は言わないだろう。そのときは伝える。じゃあ」

そう言って、夫は家を出た。

＊　＊　＊

なかなか前途多難だわね。

マリエは食卓を片づけながら考えた。

これでも頑張っているつもりなんだけど、私も悪いのかもしれない。目障《めざわ》りにならないことを言い訳に、なるべく顔を合わせないようにしているから。

煩《わずら》わせるなと冷たく言われたので、ついこだわってしまうのだ。

同じ家に住んでいても、ほとんど顔を見せない。自分は不格好《ぶかっこう》な田舎者《いなかもの》だから。私がそう思っていることを夫は敏感に感じ取って試しているのだろう。

エヴァラードはマリエを嫌っているのだろうが、彼女は彼のことが別に嫌いではない。灰色に見えるのは自分の問題だと思っている。

だから同じ家に住む人間の態度が冷たいのは、やっぱり悲しい。これでも故郷では割合認められる立場にあったのだ。しかし、都会の洗練された男にとっては、自分はどんくさく見えるのだろう。

存外《ぞんがい》私も甘かったのね。だけど……

「落ちこんでいても仕方がないわ」

ざぶざぶと食器を洗い始める。今日は洗濯もするつもりだった。

「始めてしまったことは、やり遂《と》げるしかないもの。少なくとも、食事は気に入ってもらえたようだし」

昨夜の夕食も、今朝も、皿は見事に空《から》っぽだった。

マリエは大きな平皿の水気を拭《ぬぐ》う。

そういえば、夜会とおっしゃったわ。

マリエは夜会になど出たことがない。ましてや国や会社を代表する人々が集《つど》う大がかりなものなど、新聞でしか知らない。そんな場面でどのように振る舞うのか、なにを着ていけばいいのかもわからなかった。しかし、夫が来いと言うのなら、ついて行かなくてはならないのだろう。自分のことで恥ずかしい思いをさせてはならない。

今は冷淡な夫だが、自分が社交をそつなくこなすことができたら、彼の態度も少しは変わるかもしれない。気の利《き》いた会話はできなくても、微笑むくらいはできるだろう。大人しくしていれば失敗することもない。実家に行くこともあるようだから、普通の夫婦に見えるように振る舞わなくては。でなければ、あの鋭いヴィリアンにはこの結婚が見せかけだと気づかれてしまうだろう。

けれど、問題が一つあった。

エヴァラード・リドレイ。

あの方のことをなんと呼べばいいのかしら？

マリエは手を止めて首を捻《ひね》る。

実を言うと、これが新妻のひそかな悩みであった。

自分は仮初めの妻なのだから、あまり馴れ馴れしくしてはいけないと思う。

「エヴァラード」

声に出してみると、やっぱり呼び捨ては気が引けた。じろりと睨《にら》みつけられたら、気が挫《くじ》けてしまいそうだ。さりとて様付けも、他人行儀過ぎてよろしくない。ご主人様と呼ぶのも妙な気がする。

この二日間はなんとか名前を呼ばずにごまかしてきたが、そのうち呼びかけなくてはいけない場面に立ち会うこともあるだろう。そのときにまごつかないように、今から呼び方を決めておかなければ。

エヴァラードの方は、マリエのことを大抵「君」と呼ぶ。さっき初めて名前を呼ばれたときは驚いてしまったが、そもそもあまり会話のない夫婦なのだから仕方がない。けれど外に出れば、きっと彼はマリエと呼ぶ。だから自分も夫を名前で呼ばねばならないだろう。

でもやっぱり……

マリエは小さく息をついた。

「これしかないかなぁ」

次に機会が巡ってきたら、勇気を出して呼びかけてみよう。

そう決めると元気が湧いてきて、マリエは再びきびきびと働き始めた。

＊＊＊

「旦那様、少しよろしいですか？」

マリエがエヴァラードに声をかけたのは、週末の前日の夜である。二人が暮らし始めて一週間が経《た》っていた。

夕食後、居間で寛《くつろ》いでいたエヴァラードは、珍しく妻から呼びかけられて、読んでいた新聞から顔を上げた。

「なんだ」

「今日お義母さまから電話がありまして、明日の午後、リドレイの家でお茶会を開くから二人で来るようにと」

「ああ、そうか」

エヴァラードは頷《うなず》いたが、すぐに首を傾《かし》げた。

マリエの言葉が妙に引っかかる。けど……なんだろう。

冬場で、ただでさえ娯楽《ごらく》の少ない母たちが退屈して息子夫婦の様子を知りたがっていることはわかったが、なにか違和感がある。が、それがなんなのかよくわからない。

「ええと……」

「旦那様のご都合が悪ければ、私一人でもいいということでした」

「……いや、都合は別に……あ」

エヴァラードは妙な違和感の正体を理解した。

――旦那様？　俺のことか？

今まで偶然にか故意にか（おそらく後者だろう）、マリエが自分を呼ぶことはなかった。ほとんど話しかけてこないうえ、話しかけるときはわざと俺の名を呼ばなかった。別に呼称などどうでもいいが、さすがに旦那様と呼ばれるとは予想していなかった。少々くすぐったい。

夫のことをそう呼ぶ家庭もあるだろうし、用法としては間違っていない。エヴァラードはしばらく考えた末、呼称については言及しないことにした。

休日は空《あ》いている。いくらエヴァラードといっても、新婚生活初の休日を外で遊んで過ごすわけにもいかず、特に予定は入れていなかったのだ。

「旦那様？」

「いやその、こんなこともあろうかと週末は空《あ》けてある……そうだな……じいさんにも様子を報告しなけりゃいけないし、そろそろ家に顔を出す頃合いか……」

「モリーヌ様もいらっしゃるようです。赤ちゃんをお連れになって」

「そうか。ということは、モリーヌがせっついてこの茶会を企画したんだろうな」

「そうなんですか？」

「ああ、モリーヌなら本当は自分の家でやりたかったのだろうが、母や姉の手前、リドレイの家ですることにしたんだろうよ」

「お身内だけなんでしょうか？」

「なにも言ってこないんなら、そうなんだろ。やれやれ、行くしかないか。せっかくの休日なのに身内のご機嫌伺いとはうんざりするが、これも所帯を持った者の宿命か」

エヴァラードは肩をがっくり落として言った。マリエを見ると、飲み終えたコーヒーをてきぱきと片づけ始めている。

全く、いつ見てもこの娘は動いているな、とエヴァラードは呆《あき》れ顔をした。

「面倒だが、あとあとのこともあるし……昼を過ぎたら行こう。準備しておいてくれ」

「はい、旦那様」

別に無理やり語尾につけ加えなくてもいいと思う。だが、おそらく彼女なりに練習しているのだろうと、コーヒーを下げるマリエの背中を見送りながら、エヴァラードは少し頬を緩めた。

普段澄《す》ましている若い妻を、彼は初めて可愛いと思ったのだ。

＊　＊　＊

台所に戻ったマリエはひそかに快哉《かいさい》を上げた。

やっとさりげなく呼べた。彼は気にしてもなさそうだったし、これなら大丈夫。

それにやっと普通の夫婦らしい会話ができたような気もする。明日のお茶会がすごく楽しみというわけではないが、行けばヴィリアン様に会える。お呼ばれの茶会には、なにかお菓子を持っていくのが礼儀だと聞いている。今日下ごしらえをして、明日の朝に焼けばいいだろう。

マリエは棚から粉と砂糖を出すと、再びエプロンを身に着けた。

旦那様。

今度は人のいる前で自然に呼ばなくちゃ。

夫婦は台所の壁を挟《はさ》んで、互いの呼称について感慨《かんがい》に耽《ふけ》っていた。

呼び名。それは地味ながらも夫婦の間ではデリケートな問題なのだ。

「まぁ！　あなたがマリエさんね！　ようこそ！」

モリーヌ・リドレイは二人がホールに足を踏み入れた途端、歓声を上げた。そして、マリエに駆け寄り、両腕で抱きついた。

「初めまして！　私はモリーヌです。エヴィーの義姉に当たるのよ。さぁよく姿を見せてくださいな。まぁスタイルがいいのね！」

モリーヌはマリエがなにも言えないでいる間、愛嬌《あいきょう》たっぷりに観察している。マリエもこの歓待ぶりに驚いて、まじまじとモリーヌを見てしまった。兄嫁に当たるモリーヌは、マリエよりも小柄な色の白い女性で、流行の形に結《ゆ》った髪がくるくるとしている可愛らしい印象だった。彼女はややふくよかな体によく似合う、青い服を着ている。

そう、モリーヌはマリエの目にもうっすらと色づいて見えるのだ。リドレイ家の身内の中では、ヴィリアンを除いて初めての人だった。彼女の持つ温かい雰囲気がそうさせるのだろうか？　まったく自分の感覚は後ろめたいほど正直だ。

「はじめまして。マリエンティーナと申します」

「ええ、知っているわ。おじい様からこっそり聞いたから」

最後の言葉は耳元で囁《ささや》かれた。どうやらヴィリアンと気が合うモリーヌは、この家では珍しい部類の人間らしい。

「ヴィリアン様に？」

そういえばヴィリアンの姿が見えない。マリエが目で探していると、モリーヌが困った表情をして頷《うなず》いた。

「ええ、そうなの。でも、おじい様は数日前から少し体調を崩されて……」

「え？　それは……」

マリエがそう言いかけると、義母のレオノーラと義姉のネリアがホールの奥から現れた。

「エヴァラード！　いらっしゃい、元気そうね。マリエさんも……相変わらずのお姿だこと」

外は木枯らしが吹いているのに、屋内は暖房が効いているため、彼女らは春のような薄着で現れた。後ろにいる義兄のジョージアは、マリエに穏やかに頷いた。父のパシバルは急な仕事で、先ほど出かけたという。

「まぁ、また同じお洋服をお召しになって……あなた、それしか持っていないの？」

ネリアは無遠慮にマリエの緑の服をじろじろ見ながら言った。今日のマリエの服は、いつも外出着にしているワンピースである。

「外出着はこれしか持っていないんです。それより……」

「ここはソンムのような田舎《いなか》じゃないのよ。そのうちパーティーだってあるでしょうし、そんな服ではどこへも出られませんよ」

「でも、とてもよく似合っているわ。なかなか着こなせないデザインよ」

モリーヌは簡素なマリエの服を大仰《おおぎょう》に褒めた。

「だけど、これじゃあ……」

「姉さん、あんまり苛《いじ》めるなよ。俺が甲斐性《かいしょう》なしに聞こえるじゃないか」

兄のジョージアと挨拶を交わしていたエヴァラードが口を出す。

実はマリエが支度《したく》をして下りてきたとき、「その服で行くのか?」と言ったのは、他でもないエヴァラードだ。だがマリエが外出着はこれしかないと言うし、車も待たせているので仕方なくそのまま出てきたのだ。

車を回してもらってよかった、とエヴァラードは思う。こんな服装の女を連れ歩いているところを知り合いに見られたら、気まずい。確かに、今日の服は普段着にしている黒や紺のものよりは幾分マシだが、今時王都でこんな格好《かっこう》をしている娘はいないだろう。

「あなたのせいじゃないわ。エヴァラード。普通は娘が嫁《とつ》ぐときは行李《こうり》いっぱい衣装を持たせるものです」

レオノーラも悲痛な声を上げる。だが、今のマリエは服のことなどどうでもよかった。

「あの……ヴィリアン様のご容態は……？」

「いいえ、大したことでは……ただここ数日めっきり寒くなったでしょう？　それまであなたたちのお式のことで忙しくしていらしたから、疲れが出ただけだと思うわ。微熱が続いているけど、看護婦もいるし、お医者様も二日に一度往診してくださるから大丈夫よ。マリエさんが心配することではないから、こちらにお座りになって……」

レオノーラは早口でまくしたてた。まるで質問されることを避けているようだ。

「あのでも、よろしければ私、お見舞いをしたいのですが……」

マリエは義母の言葉を遮《さえぎ》って言った。

「え？　あ、ああ……そうだわね……でも、お休みになっているかもしれないわ。お昼は召し上がらなかったようだし……」

「構いません。お休みならすぐに戻って参ります。旦那様、よろしいでしょうか？」

マリエは珍しくエヴァラードをまっすぐ見て言った。

「ああ……そうだな。俺も行こう。母さん、構いませんか？」

「仕方がないわね。でもすぐに戻っていらっしゃい。あなたたち二人のためにモリーヌが催《もよお》してくれたお茶会なのよ。主役がいないんじゃ格好《かっこう》がつかないわ。ねぇ、モリーヌ」

「あら、私にお気を遣わないで。どうぞごゆっくりおじい様とお話しなさってきて。マリエさん、あとで息子を紹介するわね。今寝ているけど、もうすぐ起きると思うのよ」

壁際の揺り籠《かご》を目で差して、兄嫁は二人を送り出した。

「モリーヌはよく気がつくし、さっぱりした気性でウチの女連中の中じゃ一番話しやすい。あの辛気《しんき》くさいジョージアが妻に選んだにしては上出来だ」

渡り廊下を歩いて別棟に向かいながら、エヴァラードは言った。

「お兄様にそういう言い方は……」

「おっと、これは失礼。我が奥方は真面目なんだったな」

エヴァラードは軽口をたたいたが、マリエはそれに乗らなかった。

「モリーヌ様は明るくていいお方ですね」

あの笑顔を見た途端、彼女がほんわりと色づいて見えたのだ。

「まぁ、あの母や姉に比べたら誰でもいい人に思えるだろうよ。そら、ここがじいさんの部屋だ。会うのは結婚式以来だな」

棟の端にあるその大きな部屋はいくつかの仕切りで区切られており、最初のドアを開けると控《ひか》えていた看護婦が驚いて駆け寄ってきた。聞けば、祖父は二日ほど前から微熱が続いているが、外出しないだけで寝こんではいないという。先ほど軽い昼食をとり終えて、今は休んでいるとのことだった。マリエは取り次いでもらうことにした。

「お会いになられるそうです。居間におられますが、あまり長居をされませぬように。興奮するとまたお熱が上がりますから」

看護婦の注意を受けて、マリエは少し頬を紅潮《こうちょう》させて奥の扉をノックした。

「おはいり」

懐《なつ》かしい声が聞こえる。

マリエは逸《はや》る胸を押さえながら部屋に入った。暖房器具は見当たらないが、部屋の中は大変暖かい。

老人はマリエを見ると、安楽椅子から立ち上がって腕を差し出した。

「マリエ、よく参られた」

「……っ！」

その腕に縋《すが》りそうになるのを、マリエはつま先に力をこめて堪《こら》え、握手をした。老人の指先は暖房のせいか大変熱かった。

「お……お加減が悪いと伺いましたっ……！」

己《おのれ》の手を預けたまま、マリエは挨拶すらすっ飛ばして背の高いヴィリアンを見つめる。

「横になってなくていいのですか？」

「ははは！　そう睨《にら》まんでくだされ、マリエ。確かにここ最近はあれやこれやで忙しかったが、なに、ただの風邪だよ。もう治った」

「お熱は？」

「ないない。この部屋に缶詰めになっているがな。私が出歩くと風邪をばらまくと言うて軟禁されているのだ。散歩すら叶わん。……まぁお座り……ああ、お前もいたのか」

ヴィリアンはマリエの手を取って椅子に座らせると、憮然《ぶぜん》として後ろに突っ立っているエヴァラードにも思い出したように声をかけた。

老人は孫に座れとは言わなかったし、彼も座ろうとはしなかった。エヴァラードは奇妙な表情を浮かべて妻を見つめている。

「……元気そうだな、じいさん。母はかなり大げさに言ってたようだ」

「ああ、お前の母親は私を呆《ぼ》け老人として、この部屋に閉じこめておきたいらしいからな」

「お大事になさってください。皆様そう思っていらっしゃるのです」

マリエは声を震わせて言った。

「ははは、あなたは優しい娘さんだ。どうかな？　この男はちゃんとやっておるか？」

「はい。新しい生活にもずいぶん慣れました。旦那様にもよくして頂き、毎日楽しんでおります」

「そうか……それならばよい」

ヴィリアンの最後の言葉は、相変わらず立ったままのエヴァラードに向けられた。同じ色の瞳が絡まる。祖父の鋭い視線を平然と受け止め、エヴァラードは顎《あご》をしゃくった。

「これでわかったろう？　俺は良き家庭人だよ」

エヴァラードは皮肉っぽく応えた。

「どうだかな」

ヴィリアンとエヴァラードの間に微妙な空気が流れる。それを察したマリエが間に入った。

「あ……あの、よければヴィリアン様もお茶会に……皆様きっと喜ばれます」

「マリエや、無理せんでよいよ。あなたにはこの家の者が私をどう思っているか、もうわかったはずだ」

老人は孫の嫁に柔らかく頷《うなず》く。

「ですが、モリーヌ様は……」

「ああ、モリーヌは良い娘だ……そうだな。うん、少しあなたに似ておる。だが、やめておこう。幼いひ孫がいるんだろう？　万が一、私の風邪がうつっては大変だ」

「……なら、私がこちらでお茶を……」

「いやいや、それもいけないよ。うるさい者も多いでな。あなたには、この家を変えてもらわなければ……」

「さぁ、マリエ、そろそろ戻るぞ。モリーヌたちが待っている」

エヴァラードは腕を掴《つか》んでマリエに立つように促《うなが》すが、マリエの目はヴィリアンに据えられたままだ。

「でも……」

「マリエ。いいから今はお行き。わざわざこんな老人の顔を見に来てくれてありがとう」

「ヴィリアン様」

「だがまたきっと来てくだされ。あなたの顔を見るだけで、この老人は気持ちがあの頃に戻る。あなたからは元気をもらえるようだから――エヴァラード」

「なんです」

青年は無愛想に応じる。

「……マリエを頼んだぞ」

「わかっていますよ」

「ならいい」

ヴィリアンはエヴァラードの広い背に向かって言った。


庭を見渡せる広い客間。

それはほんの一週間前、結婚式を挙げたあとに形ばかりの披露宴をした場所である。

あのときより季節はさらに一歩進み、庭は初冬の空気の中で寒々《さむざむ》としていたが、硝子《ガラス》一枚隔《へだ》てた室内は別世界であった。大きな円卓には花が飾られてあり、たくさんの菓子や果物が並べてある。

一同は各々《おのおの》の席に着いた。マリエの右隣はモリーヌ、左はエヴァラード。

「マリエさん、せっかくお招《まね》きしているのに、主賓《しゅひん》が遅れるなんて失礼ですよ」

レオノーラはまだメイドがいるというのにマリエを叱《しか》った。同じように遅れたにもかかわらず、息子のエヴァラードは放免《ほうめん》らしい。

「申し訳ありません」

マリエは素直に謝った。

気まずい雰囲気になるのを避けて、モリーヌが話を受ける。

「まぁまぁ、お義母様。せっかくのお茶会なんですし、早くお菓子をいただきましょうしそう！」

よ。この焼き菓子、マリエさんが作ったのでしょう？　木の実が入っていてすごく美味

「私は遠慮するわ。柔らかい方が好きだから」

ネリアはそう言って、シフォンケーキにたっぷりとクリームを追加した。

「私は両方いただくわね。……それで、おじい様のご様子はどうだった？　私ももっとお話ししたいと思ったのだけれど、子どものこともあるし、お風邪をもらったりしてはいけないと、今回は遠慮させていただいたの」

「お元気のようでした。でもやはりお風邪を家族にうつされることをご懸念《けねん》なさって、あまり出歩かぬようにしているとおっしゃっていました」

「へぇえ、あのおじい様がそんな殊勝《しゅしょう》なことをねぇ」

ネリアが上品にナプキンを使いながら、母に視線をやる。

「ええ、私たちがたまに覗いても嫌味しか言わないんだけど」

「そりゃ、たまにしか覗かないからでしょう？」

「まぁモリーヌったら言うわねぇ。ね？　エヴィ？」

ネリアは弟に媚《こ》びるような笑顔を向けたが、エヴァラードは珍しくなにかを考えこんでいる様子で生返事をするばかりだ。

「でもエヴァラードだって、おじい様にはかなり辛辣《しんらつ》だわよ」

「でもお義姉様、なんだかんだ言ってエヴァラードは、昔からおじい様の一番のお気に入りですわよ。ウチのジョージアにはなにもおっしゃらないのに、エヴィーにだけは昔からあれこれと構っていらっしゃったし」

「モリーヌ、でもね。その一番のお気に入りに、どういうわけだかソンムだなんて、外国と変わらないようなところから花嫁をあてがったんですよ。あの方は」

レオノーラは大人しく茶を飲んでいるマリエを横目で見ながら言った。

「それも突然。びっくりするじゃありませんか。エヴァラードにはよりどりみどりと言っていいほど選択肢があったというのに」

あまりにもあからさまな嫌味にマリエは苦笑を浮かべるしかないが、エヴァラードから助け舟はない。

「ところでエヴァラード、あなたはさっきからなにを難しい顔をしてるの？」

妙な空気を感じ取ったモリーヌは、さっきから心ここにあらずの義弟に話を振った。

エヴァラードがはっと顔を上げると、そこにはモリーヌの好奇心に満ちた瞳があった。

「あ、いや別に……仕事のことを少し考えていて」

「あらあら、そうなの？　有能なのも困り者だわね。あなた、近頃東西鉄道の終着駅の設計に関わっているとか言ってなかった？」

「え？」

マリエは驚いてエヴァラードの方を見た。

そんな話は初めて聞いた。旦那様がソンムの終着駅の設計に携《たずさ》わっているなんて。

「そうなのですか？」

「いや、俺が関わったのはほんの少しだけだから。まだ現地にも行ってないし」

夫はやっぱり自分にはなにも話さないのだと思いながら、マリエはエヴァラードを見つめた。

＊　＊　＊

妻が自分を見ている。彼は先ほど見た光景を思った。

常に真面目くさった面白みのない娘と思っていたマリエが、祖父の部屋に入った途端、明らかに内から滲《にじ》み出るものを抑えるようにヴィリアンに歩み寄ったのだ。しかも、瞳を潤《うる》ませて。腕に縋《すが》りつこうとして、刹那《せつな》思いとどまったかに見えたのは気のせいではないだろう。差し出された老いた手を握り返し、辛そうに容態を尋ねたのも、彼女の常の行動からは予想できなかった。

一週間を共に暮らしたエヴァラードは、マリエの感情が揺れたところを見たことがない。自分には見せたことのない慕《した》わしさを見せて、マリエは祖父を気遣った。そして祖父もそんなマリエを思いやった。

——あれは一体どういうことだ。

話によると、祖父は鉄道会社の名誉顧問として、土地を買収するためにソンムの町にしばらく滞在したと言う。そこで地主を相手に交渉し、無事に済ませて王都に戻り——急に俺の縁談を進めたというわけだ。

そしてそれはまんまと成功し、マリエはエヴァラードの妻となった。

なにかあるんだ。

かつての戦友と交わした約束以上のなにかが。

「……には来てくれるんでしょう？」

「え？」

「いやね。またぼんやりして、今日のあなたは少し変よ」

レオノーラがわざとらしく肩を竦《すく》めた。この母子の関係はどうも少しぎこちない。エヴァラードはあまり話そうとはしないし、母も姉も年の離れた末っ子に気を遣っている感じなのだ。

「こうしてあなたも結婚したんだから、お父様の顔を立ててこちらの会社の行事にも参加してくれないとね、と言ったのよ。今までは末っ子ということで大目《おおめ》に見てあげていたけれど、そろそろちゃんとしてちょうだい」

「……」

「マリエさんもそうよ。いくら内輪の集まりだからといって、そんなみっともない格好《かっこう》はよしてちょうだいな。主人の会社の行事には外国の方々もいらっしゃるの。ただでさえ髪色だって汚いんだから、少しは見られるようにして……」

「だあ！」

傍《かたわ》らに置かれた小さなベッドから元気な声が聞こえ、一同はぎょっと振り返った。モリーヌ以外の人々は、この部屋に幼子《おさなご》がいることをすっかり忘れていたのだ。

「あらら、お目覚めね、フィン。ご機嫌いかが？」

モリーヌはまだむにゅむにゅ言っている我が子を抱き上げた。

「初めまして。ボクがフィンドル・リドレイでちゅ！」

もうすぐ二歳になる小さな紳士は、代わりに自己紹介をした母をきょとんと見上げた。まだ事態を把握《はあく》できていないのだろう。祖母であるレオノーラは初孫が可愛いのか、すぐに相好《そうごう》を崩し、モリーヌの膝《ひざ》の上に収まったフィンのためにケーキを取り分けた。マリエもフィンを見ている。

「さぁさぁ王子様。お茶の時間ですよ」

レオノーラは子ども用に温めたミルクの鉢《はち》を置いた。モリーヌが匙《さじ》で飲ませてやると、フィンは嬉しそうにマリエを見て笑った。

「ほー」

フィンは小さく切り分けられたケーキをしばらく夢中で食べていたが、その間もマリエを珍しそうに見ていた。この中で唯一見知らぬ人間だったからだろう。しばらくすると母親に尋ねるように目を向け、小さなまるっこい指でマリエを指差した。

「あえ？」

「まぁフィン、美人にはめざといわね。でも、指は差さないのよ。このお姉さんはマリエ。エヴァラードのお兄ちゃんのお嫁さん」

「マー？」

クリームがいっぱいついた小さな口から名を呼ばれ、マリエはすっかり嬉しくなった。子どもは大好きだった。

「抱いてみる？」

「え!?　いいんですか？」

「ええ、私に似て人見知りのしない子だから……ちょっとクリームを拭《ふ》くから待って……あら、慣れているわね」

「国に残してきた妹が年が離れていたので、赤ん坊のころから世話をしていたんです……こんにちは、フィン君……まぁなんてきれいなの」

「きれい？」

エヴァラードは呟《つぶや》いた。子どもを形容するには少し変な言葉だ。

「ええ、きれいです。なんてきれいな色！」

「……色？」

「きれい……可愛い……」

フィンが伸ばした手にマリエは頬を擦《こす》りつけて笑った。それはエヴァラードが初めて見る妻の笑顔だった。

「まー、マリィ」

幼い口がマリエを呼ぶ。

「まぁ！　お利口《りこう》さんね」

マリエが高い高いをすると、フィンは喜んできゃっきゃと笑う。

「あら！　マリエは力持ちね。滅多にパパがやってくれないものだから、すっかり有頂天《うちょうてん》だわ！　ほらフィン、大人しくなさい。マリエが疲れてしまうじゃないの。さ、こっちでお庭を見ましょう。……お義母さんたちのことなら気にしなくていいわよ。あなたが来る前は私が標的だったの。さすがに子どもが生まれてからはなくなったけど、ああいう言い方が癖《くせ》になっているのね。ごめんなさいね」

窓の傍《そば》へマリエを引っ張っていったモリーヌは、息子をあやす振りをしながら囁《ささや》いた。

「あの方たちはいつもあんな感じなの。流行や髪形の話題しかしないからつまらないのよ……服なら私が太って着られなくなったものがいっぱいあるから、良かったらあげるわ。まだ新しいものばかりよ。とりあえずそれを着て、ゆっくり買い足していけばいいわ。今度持って行ってあげる」

二人はフィンの頭の上で囁き合った。

「……ありがとうございます」

「さ、行きましょ。あなたの旦那様が心配そうにこちらを見ているわ」

マリエが見ると、確かに夫がこちらを見ている。薄い青い目には訝《いぶか》しむような色が浮かんでいた。

そのあと、茶会はおおむね穏やかに進んだ。

モリーヌの息子のフィンは可愛い仕草で皆を和《なご》ませた。義母のレオノーラもマリエに嫌味を言うことも忘れてフィンを構っていた。向かいに座るネリアには時々嫌味を言われたが、マリエは余裕を持って対応できた。

ネリアは一度嫁《とつ》いだが、今は離縁して実家に戻っているという。エヴァラードとは五つ離れている。モリーヌは兄嫁とはいえ、ネリアより三つ年下で、彼女たちはお互いを名前で呼び合っていたが、それほど気の合う様子ではなかった。あとでこっそりモリーヌが教えてくれたことだが、長男夫婦にもかかわらず自分たちが別居しているのは、レオノーラやネリアと同じ屋根の下ではとても暮らせないと思ったからだそうだ。

「だって悪いけど、あの方たち退屈極《きわ》まりないんだもの」

モリーヌが屈託《くったく》なく笑うので、マリエもつられて笑った。

「ねぇあなたのお家が見たいわ。今度遊びに行ってもいい？　フィンも一緒だけど」

「是非いらしてください」

飽《あ》きもせずに動き回るフィンを見守りながら、マリエは心から言った。ヴィリアンのことは非常に心配だが、フィンがマリエに元気をくれた。

マリエの目にはフィンもモリーヌも色づいて見えた。そのことに彼女は勇気づけられ、これからは少しでもよくなってもらえるよう、ヴィリアンの顔を見に来ようと決める。

「フィンはマリエさんがとっても気に入ったのね。さっきからずっと見ているもの。それに、あなたが焼いたお菓子、すごく美味しいわ。外はさっくりしているのに中はしっとりしてて。エヴィーはこんなおやつを毎日食べられるなんて幸せね。ね？」

モリーヌはにこやかに義弟に話しかけたが、エヴァラードは黙ったままマリエを見ていた。

兄嫁とその息子に心からの笑顔を向けている妻を。

「……悪い人ね、エヴィー？　新婚の奥様を放《ほう》っておいて、私とこんなことをするなんて」

トルシェ男爵の未亡人オーロールは、白絹《しらきぬ》にゆったりと体を預け、傍《かたわ》らにいる男の頬に触れた。

「なんと言ってお家を出てきたの？」

「仕事。図面の納期が近いと言ってある」

「そんな言い訳は通用しないと思うけど」

「祖父の顔を立てるために貰った妻だ。向こうも承知しているさ」

エヴァラードは天井を眺めながら答える。その端整な横顔を見つめて、女は瞳だけで笑った。

「でも、そんなに物わかりのいい女が本当にいるかしら？」

「君には想像もできないだろう……悪い女じゃないが、いかんせん色気というものがない」

「まぁ！　じゃあ、ずっと禁欲生活を？」

「……だから君に会いに来たんじゃないか」

エヴァラードは身を起こすと、オーロールの白い首筋に唇を寄せた。

「あらダメよ。見えるところにはつけないで。私はまだ喪《も》が明けていないのよ」

「じゃあ、君はなんで俺といる？」

エヴァラードは顔を上げ、女の体の線を撫《な》でた。

「それもそうね……ふふ。好きよエヴィー？　あなたもそうでしょう？」

エヴァラードはなにも言わずに女を見つめただけだったが、オーロールはそれを肯定と受け止めた。エヴァラードの口が重いのは、今に始まったことではない。今夜ここに来たことが彼の答えなのだ。

「ふふ……でも喪が明けたら、あなたは私との将来を考えてくれると思っていたのよ。なのにさっさと結婚してしまって……本当はとてもショックだったの」

「……言ったろう、仕方がないんだ」

そうだ。あれはただの平凡な女、従順なだけが取り柄のなんの魅力もない、ただの娘。

だが……

――あの目。

瞳に光が宿《やど》り、銀色に潤《うる》んで見上げた先にあったのは。

くそ！

不意にエヴァラードは女に体を寄せた。待っていたように柔らかな腕が首に巻きつく。

「……エヴィー？」

不意に体を起こしたエヴァラードに、オーロールは怪訝《けげん》な瞳を向けた。男は呆然《ぼうぜん》と宙《ちゅう》を見つめている。その瞳はぞっとするほど空虚に見えた。

「どうしたの？」

女は男を気遣って腕を伸ばすが、彼はそれを邪険《じゃけん》に払いのけた。

「なんでもない。君のせいじゃないよ」

「驚くじゃないの。ねぇイライラしているのね？　可哀そうに」

エヴァラードの髪を白い指が梳《す》く。エヴァラードはもう払いのける気力もなくして女の好きにさせた。

熱がどんどん冷めてゆく。こんなはずではなかったのに。

――気分が悪い。

なんで、こんなときに思い出す？

決して自分に向けられることのない、あの――灰色の瞳を。

6 小さな晩餐会《ばんさんかい》、もしくは不用意な言葉

季節は秋から冬へと歩みを進める。

二人が暮らし始めてから、ひと月あまりが経《た》とうとしていた。その間に大陸横断鉄道はどんどん東に延び、遅れていた終着駅、マリエの故郷であるソンム駅の基礎工事も始まっている。また、南北縦断線もルートが決まり、一気に工事が進んだ。

エヴァラードの仕事はますます忙しくなって、家で夕食をとることが少なくなり、会社に泊まりこむこともあった。南北線の北工区には、五つの駅をはじめ様々な施設があり、その施設の設計にエヴァラードは関わっていた。その納期が迫《せま》ると徹夜も珍しくないらしい――少なくともエヴァラードはそう言っていた。

相変わらずマリエは夫のすることに一切口を挟《はさ》まず、極力目に触れないように家事をし、それでいてエヴァラードが居心地良く過ごせることに心を砕《くだ》いた。それが自分の役目だと思っていたからだ。

マリエはリドレイの家に茶会の日のあと、一度だけ一人で訪問している。レオノーラやネリアの嫌味にもめげずにヴィリアンを見舞い、また来ると約束して彼を喜ばせた。

そんなある日――

「明日の夜、同僚を夕食に呼んだんだ」

エヴァラードは夕食後、皿を引こうと手を伸ばしたマリエに声をかけた。ちらりと交わった視線はすぐに逸《そ》らされ、彼女は小さく頷《うなず》く。

「仕事の方もとりあえず一山《ひとやま》越えたし、前から家に呼べ呼べとうるさく言われていたものだから――構わないか？」

「はい。晩餐をご用意すればよろしいのですね」

「大丈夫か？　急ですまないとは思ったんだが」

エヴァラードは、なにか考え始めたような様子のマリエに声をかけた。

「大丈夫です、一日ありますから。皆、男性の方なのでしょうか？」

「いや、男が二人、女が二人だ」

本当は男性二人だけ――ハリイと、二つ上の先輩であるアービンスを呼ぶ予定だったのだが、その話を聞きつけた秘書課の女性たちが自分たちも是非招待してくれとエヴァラードに強請《ねだ》ったのだという。そのうちの一人はずっと以前に食事に行く約束をしていたものだから、結局断りきれずに四人の人間を家に招《まね》くことになった。

「大人数になってしまった。すまない」

「お献立《こんだて》を考えますね」

マリエは愛想よく請《う》け合う。

私は裏方でいいのよね。

普通ならその家の主婦も食事に同席するものだろうが、お客様には出来立てを味わってもらいたい。家事手伝いのミドル夫人は夜は家を空《あ》けられないので、自分は料理と給仕に回った方がいいだろう。部外者の自分が同席しなくても、夫からはなにも言われないだろうし、時々話し相手をするだけで構わないだろう、とマリエは思った。

夫が友人を食事に招いたということは、自分の作る料理が人に出しても恥ずかしくないということだ。少しは自分を認めてくれたのかもしれない。そう考えるとマリエは嬉しくなった。

喜んでもらえるように頑張ろう。

翌日、仕事を終えた夫と共に客たちがやって来たのは七時前だった。

今夜、マリエは一番上等の緑の服を着て客たちを出迎えた。その日は時折雨の落ちる酷《ひど》く寒い夜で、客たちは分厚い外套《コート》を羽織っている。

「妻のマリエンティーナだ」

　エヴァラードの紹介に、客たちは驚いたようだった。

　会社でも目立つ存在のエヴァラードの横に立っているのは、灰色の髪と目をした、まだ若い娘である。化粧っ気もない地味な姿を見て、女性客たちの目にうっすらと嘲《あざけ》りの色が浮かぶ。彼女たちの毛皮の外套《コート》の下からは、明るい色の訪問着が垣間見《かいまみ》える。おそらく、鮮やかな色彩がちりばめられているのだろう。だが、もちろん灰色にしか見えないマリエには、最新のデザインなのだなということぐらいしかわからない。

「こんばんは。奥様、今夜はお招きいただきありがとうございます」

　皆、次々に自己紹介をする。

「こんばんは。どうぞマリエと呼んでくださいませ。皆様、ようこそいらっしゃいました。お寒かったでしょう、さぁこちらへ」

　マリエは客たちの外套《コート》を受け取りながら、客間の扉を開けた。

　ストーブは赤々と勢いよく燃え、部屋はとても暖かい。普段は開けない食堂へ通じる扉を開け放つと、客間は意外なほど広く見えた。

「お茶をどうぞ」

客たちの湿《しめ》った外套《コート》を掛けると、マリエは熱い茶を淹《い》れて配った。エヴァラードは二階で着替えているらしく、姿が見えない。

「どうぞ……ハリイ様」

マリエはハリイに茶を差し出した。彼は家庭的な雰囲気が珍しいらしく、きょろきょろと視線を彷徨《さまよ》わせている。

「ありがとう。でも様づけなんてよしてください。まるで自分の名前じゃないみたいだから……ああ、美味い。いい匂いがするなぁ。こんなに美味しいお茶をいただいたのは初めてです」

「まぁ」

「いえ本当です。香りも濃さも素晴らしい」

「お前にそんなお世辞《せじ》が言えるなんて思わなかったよ、ハリイ」

着替えてきたエヴァラードが扉の前に立っている。すると女性客たちはすぐに私服のエヴァラードに目を輝かせて彼にまとわりついた。

「素敵なお住まいだって話してたのよ、エヴィー」

「ほんと趣味がいいわ、さすがね」

この二人はリリアーナとメリッサという、秘書課に属する女たちである。実は二人ともエヴァラードに秋波《しゅうは》を送り、彼とは結婚前に幾度か食事を共にしたことがあった。無《む》論《ろん》彼女たちはそんなことは一切おくびにも出さず、マリエを前に澄《す》ましている。

「エヴィーには仕事でとてもお世話になっているのですわ。だからどうしてもお祝いを言いたくて伺いましたの。ご結婚おめでとうございます」

リリアーナはお世話という言葉を少し強調して言った。

「ありがとうございます。夫は会社ではどうなのですか？」

マリエは如才《じょさい》なく答えながら茶を配った。

「ああ！　エヴィーはとっても有能で切れ者なんですよ。それに女性にも優しくて人気者なんです。だから、結婚したときは大騒ぎで、陰《かげ》で泣いていた子もいたくらい」

「まぁ」

「冗談ですよ。確かにエヴァラードはできる男ですが、女性を泣かせたことなんかありませんよ」

ハリイは言葉が過ぎるリリアーナを咎《とが》めるように言った。エヴァラードはマリエを見たが、彼女は黙って微笑んでいる。

「家庭的な奥方だね。君にはこんな女性がふさわしいと思っていたよ」

話しかけたのは、アービンスである。彼はすでに妻帯《さいたい》して三年になる落ち着いた男だった。

「エヴァラード、君は幸せ者だよ。家の様子を見ただけで、マリエさんがいかに素晴らしい奥様かわかる」

「そうですね。よくやってくれています。マリエ、茶を飲み終えたら食事にしてもらえるかい？　皆、昼を食べたきりで腹が減っているだろうから」

エヴァラードはお茶を配り終えて茶器を片づける妻の後ろ姿に声をかけた。この娘のことだから、すでに晩餐《ばんさん》の準備はできているだろう。

「ええ！　私たち午後のお茶をする暇《ひま》もなかったんです。来客続きで」

「こんなときは専業主婦が羨《うらや》ましいわ！」

女たちは口々に言った。

「すぐに支度《したく》をいたします」

マリエは彼女たちに微笑むと、一礼して台所に引っこんだ。

＊＊＊

マリエの用意したメニューは予想通り素晴らしいものだった。

豆をすりつぶした緑色のスープは鮮やかで目を楽しませ、サラダに添えられた卵はちょうどいい具合の半熟。匙《さじ》で割《わ》ると、とろりとした金色が野菜の上に流れた。その上に自家製のソースをかけるのである。香ばしい香りは下に敷いてある焼いたベーコンのものだろう。

「まぁ、美味しいわ！」

「盛りつけ方もきれいねぇ」

女たちは現金にも喜んで、ぱくぱくと食べている。

「マリエさんは俺たちと一緒に食べないのですか？」

ハリイは、皿を配り終えて下がろうとするマリエに声をかけた。

「あ……ありがとうございます。今お肉を焼いておりまして、焼き加減が気になるものですから……一番美味しい頃合いでお出ししたくて……お構いできなくてすみません」

マリエがすまなそうに詫《わ》びると、エヴァラードは言葉を添えた。

「いいんだ、ハリイ。ここは狭いからね」

「だが、君」

「エヴィー、来月のパーティーにはいらっしゃるの？」

メリッサがハリイを遮《さえぎ》って尋ねた。彼女の言うパーティーとは、南北縦断線のルートが決定した記念の夜会のことである。

「そういえば、あったたな。すでに外国での工事も始まっているから、大使や王宮関係者も来るらしい」

「まぁ、そうなの？　新しい夜会服を買った方がいいかしら？」

「美容院の予約もしておかないと」

女性たちはすでに臨戦態勢だ。

「……で、行くのか？」

ハリイはにわかに騒ぎ始めた女たちを見ながら、エヴァラードに尋ねた。

「ああ、まぁ行くことになるだろう」

「結婚して初めてのパーティーか。マリエさんも来るんだろう？」

「……そうだな。でも、マリエは社交的な方じゃないから、あまり長居はさせないつもりだが」

「それは……だが」

そのとき、ワゴンを押したマリエが現れた。メインディッシュを運んできたのである。

「お肉が焼き上がりました」

「きゃあ」

「うわぁ」

銀の覆《おお》いを取ると、湯気と共に子羊のローストが現れた。皆歓声を上げている。それは大きな肉の塊《かたまり》を時間をかけて焼いたものだった。焼き加減も香りも素晴らしい。

「これはすごいな」

エヴァラードも驚いた。こんなものが出てくるとは思いもしなかったのである。

最初にナイフを入れるのは主人の役目だ。柔らかい肉質の子羊は切るたびに肉汁が溢《あふ》れ出し、皆の注目を集める。昨夜急に来客を告げたにもかかわらず、どこでこんな上質の肉を手に入れたのか、エヴァラードは、皿に付け合わせのマッシュポテトを添えてゆく妻を見ながら不思議に思った。実はマリエが一番得意としているのは肉料理で、肉屋の主人とすっかり懇意《こんい》になっているということをエヴァラードは知らないのだ。

「素晴らしい！　絶品だ」

アービンスは肉を口に入れた途端、目を輝かせて叫んだ。

「こりゃあレストラン並みだよ」

「ありがとうございます。どうぞたくさん召し上がってくださいませ」

料理を褒められて、マリエは嬉しそうに微笑んだ。女性たちも急に無口になって舌鼓《したつづみ》を打っている。籠《かご》に盛られたパンはもちろん焼きたてで、香ばしい香りが漂《ただよ》っていた。

手作りのバターには燻製《くんせい》のチーズも添えられている。

「ハーブ入りのパンもありますの。すぐに持って参りますね」

「そいつは楽しみだ。ありがとう。……どうだい？　結婚はよいものだろう？」

アービンスはマリエの後ろ姿を見て頷《うなず》きながら、向かいのエヴァラードにしたり顔で言った。

「僕も未だに結婚してよかったと思うんだよ。幸せだ」

「うへぇ、先輩、のろけですか？　独身者には身につまされますねぇ。羨《うらや》ましいなぁ。俺も早く嫁さん欲しいなぁ」

ハリイが情けない声を上げる。

「そうだぞ、君はいい奴なんだから頑張れ、ハリイ。男は結婚してこそ値打ちが上がる。エヴァラードは運がいい」

「まったくその通りだ。こんなにいい奥さんはなかなかいないぞ。料理は上手だし、家の中はきれいだし」

同僚の手放しの賛辞に、いい夫ではない自覚があるエヴァラードは苦笑するしかない。

「そうだな……ああ、俺もそう思うよ。毎日文句も言わずによく働く。金のかからないメイドを雇ったようなものだ」

エヴァラードがそう言ったとき、正面の扉が開いた。

「……お待たせいたしました」

パンの籠《かご》を抱《かか》えて入ってきたマリエと目が合った。

マリエはいつも通りの微笑みを浮かべていた。


「失礼」

ハリイは台所の椅子に腰かけているマリエに声を掛けた。マリエはぱっと立ち上がる。

「あ！　ハリイ様。すみません、お茶を淹《い》れかえようと思ったのに、私ったら」

「違う違う。向こうはもう勝手にやってます。マリエさん、食事にいらっしゃいませんでしたね。俺たちのせいですか？」

ハリイは遠慮しつつも台所に足を踏み入れた。流しには汚れた皿が重ねられ、その横のワゴンにはすでに茶のセットが用意されている。先ほどとは違う種類の茶葉のようだ。

「そんなことはないんですけど……なんだか皆さん楽しそうにお話しされているし、お邪魔になってはいけないと思って……」

「わかります。あ、違った。わかりますと言ったのは、俺たちがあんまり無礼だったからってことです。あんなんじゃ、中に入りにくいですよね。すみません」

「そんなこと……」

「最初は俺とアービンスさんの二人で伺おうと思っていたんですけど、それを聞きつけた女の子たちが騒ぎ出して……言い訳ですけど」

「都会の女の方たちは本当におきれいです」

「マリエさんだってそうですよ。それ、黒髪……じゃないですよね。灰色？　珍しいな」

ハリイは編みこまれたマリエの髪を見て言った。

「変な色でしょう？　私の故郷ではたまに見かけます。祖先に外国の血が混じっているのかな？」

「素敵ですよ。女王様みたいだ」

「まぁ、すごいお方にたとえましたね。女王様はもっと真っ黒な御髪《おぐし》でしょう？」

「だったかな？　そのぅ……本当はあんまり知らないんです。興味なくて」

「あら、そうなんですか？　なぁんだ」

「記憶では黒い髪だったような気がして……すみません。たとえが失礼でしたか？　気が利《き》かなくて……」

「いいえ。私、昔女王様を直《じか》にお見かけしたことがあるんです。遠くからですけど、視察にいらしたときに……きれいな方でした」

マリエは懐《なつ》かしむように微笑む。

「……さっきのことなら奴独特の冗談ですよ。気にされることはありません」

ハリイの言葉にマリエはふっと目線を上げた。

「知っています。旦那様は少し癖《くせ》はありますけどいい方です」

「……」

マリエの言葉に、かえってハリイは言葉に詰まった。

「マリエさん」

「あら、私ったら話しこんでしまいました。お茶を持って行きましょう。これは果物の皮が入った珍しいお茶なんですよ。こちらのお菓子によく合います。お皿を持ってもらえますか？」

「ええ、もちろん。これマリエさんが焼いたんですか？　美味そうだ」

「はい。焼いてからシロップに漬《つ》けたんです。男の方には甘すぎるかもしれませんが」

「いえ、甘いものは大好きです。あ、お湯は僕が入れます。薬缶《やかん》を貸してください」

居間に戻ると、メリッサが文句を言った。

「ハリイったらなにをしてたのよ」

「悪い悪い。あんまりいい匂いがしてたんで、マリエさんに台所を見せてもらってたんだ。これでも自炊しているからね」

「ハリイ様はお茶を淹《い》れるのを手伝ってくださったんです」

マリエはエヴァラードに向かって言った。

「そうか、それはすまないな、ハリイ」

「いいや、全然。マリエさんと話したかったし……」

「とっても楽しかったです。よく知っているという女王様の話が特に」

「あ、勘弁してくださいよ」

二人は笑った。

「マリ……」

エヴァラードの言葉がリリアーナの甘ったるい声に遮《さえぎ》られる。

「すみませーん、服が少し濡れたの。乾いたタオルありますかぁ？」

リリアーナが困った表情をして、袖口を摘まんでいる。

「すぐに持ってきます」

マリエはあっという間に台所に戻って行った。


午後から時折ぱらついていた小雨はやんでいた。

お開きとなったのは遅い時間だったが、大通りはまだ多くの人が行き交っている。もうすぐ真冬になろうとしているのに、都会の夜は明るい。

「じゃあ、俺は同じ方向だからご婦人たちを送ってゆくよ。さぁお嬢様方、お帰りはこちら」

アービンスはそう言って、メリッサとリリアーナに向かっておどけて腰を折った。彼女たちはその大げさな仕草に笑いさざめきながらついてゆく。

「おやすみなさい。エヴィー、ハリイ、また来週！」

「いつかまたお食事に行きましょうね？」

「ああ、おやすみ」

片手で挨拶をしたあと、エヴァラードも家に戻ることにした。夜空は低く曇《くも》っている。もしかしたら今夜遅くにでも雪が舞うかもしれない。

「エヴァラード」

背後から声をかけたのはハリイである。

「なんだ、まだ帰っていなかったのか。お前のアパートは向こうだろう。俺は送ってやらんぞ」

「お前さ、帰ったら謝っておけよ」

ハリイはエヴァラードの軽口を無視して言った。

「なにをだ」

「自分の女房をメイド呼ばわりするなんて、紳士らしくないぞ」

「あいつがなにか言ったのか？　お前、さっきやけに楽しげだったな。台所でマリエとなにを話した？」

「なにも。気になって覗いてみたら、ぼんやり宙《ちゅう》を見ていたから話しかけたんだが、彼女は俺が茶の催促《さいそく》をしに来たと思ったらしい。すごく申し訳なさそうにしていたんで、なんだか気の毒になって、少しよもやま話をしただけだ」

ハリイはできるだけ感情を抑えて説明した。

「……」

エヴァラードは黙って同僚の話を聞いている。その怜悧《れいり》な顔に表情はなく、どんな気持ちで自分の話を聞いているのか、ハリイにはわからなかった。

「お前……本当にマリエさんにちゃんとしてやってるんだろうな。彼女はまるで……」

「お前が口を出すことじゃない」

そんなことを同僚に言われたくはない。

エヴァラードの眉は険《けわ》しく歪《ゆが》んだ。

台所でマリエはハリイに顔を向けて確かに笑っていた。

その様子を見て、どういうわけかエヴァラードは、自分でも驚くほど不快になってしまったのだ。理不尽なことは百も承知だったけれど。

仮初めとはいえ、自分はもうひと月も一緒に暮らしている夫なのだ。でありながら必要なとき以外は姿も見せず、口も利《き》かず、ましてや笑顔など見せたためしがない。なのに初めて会ったハリイに無邪気に笑って見せた。

なんなんだよ、あの女。

エヴァラードは自分でも理解し難い感情を持て余していた。

「彼女は大人しくて、よく働く素敵な女性じゃないか。もっと大事にしてやれよ」

「なんでそんなことをお前が言う？」

「だって、あんなによくしてくれているのに、お前はちっともマリエさんを構ってやってなかったじゃないか。そのうえあんな酷《ひど》いことを――」

「今日は通いの家政婦が来られないから、あいつが台所を仕切ると自分で言ったんだ。普段はもっと気を遣っているさ」

「それにしては彼女、お前の方をちっとも見ていないようだったが」

「いちいち人の嫁を気にするな！」

痛いところを友人に突かれて、エヴァラードは思わず怒鳴った。

「あいつは人前が苦手なんだ。そう言ったろ。それに料理や家事が好きだから、あれで案外楽しんでいるんだ」

「だからって、メイド呼ばわりはないだろう」

「うるさいな。ちょっと口が滑《すべ》っただけだ。褒め言葉のつもりだったんだ。さぁもう行けよ」

「ああ、そうするよ。おやすみ。奥方に愛想を尽かされないようにな！」

ハリイは、彼にしては珍しく険《けん》のある目つきで言い捨て、エヴァラードに背を向けた。そのまま広場を横切ってゆく。

「お節介《せっかい》め！」

友人を睨《にら》みつけて、エヴァラードは踵《きびす》を返した。

確かに悪いことを言ったと思う。あのときは、アービンスが自分の結婚生活と妻のことを惚気《のろけ》たので、自分との差に感じた引け目を晴らそうと、あんなことを言ったのだ。まさか、それをマリエに聞かれるとは思わなかった。全く気づかなかったのだ。大体あの娘はいつも気配を殺し過ぎる。

目が合ったとき、マリエはいつもの静かな表情だった。そのあともひそかに注意して見ていたが、怒ったり悲しんだりしている様子はなかった。客人をもてなすことに一生懸命で、料理はいつにもまして美味かった。たまに会話に入ったときの立ち居振る舞いも申し分なく、尋ねられたことには愛想よく答えていた。

つまり、どんなメイドよりもメイドらしかったのだ。

だからといって、さすがに言い過ぎた。

このひと月余り、マリエはよくやってくれている。彼の渡す生活費はそれほど多いとは言えないのに、不規則な時間に家に帰っても、いつでも部屋は暖かく整えられ、よい食材を使った料理を出す。エヴァラードもさすがにもういちいち美味いとは言わなくなったが、それでもきれいに空《から》になった皿を下げるとき、マリエは嬉しそうなのだ。それだけがマリエがエヴァラードに見せる、女らしい顔だった。

そういえば、あいつが家でものを食べている姿を見たことがないな。

朝はもう食べたというし（一体何時に起きているのだろう）、夜は聞かないが、自分が帰る頃にはすでに済ませていると思う。休日は休日で、エヴァラードは一人で居間と食堂を独占しているから、彼女がものを食べている姿を見る機会はない。確かに食事は一人でとるとは言ったが、ここまで徹底されると、逆に気になる。

祖父を見舞うためにリドレイの家に行ったときは、ヴィリアンと幾度か昼食を共にしていたと、母から聞いたが。

「あの子ったら嫌味のように、お義父様の部屋に食事を運ばせるんですよ。まるで私たちと食べるのが嫌みたいじゃない」

それは嫌だろう、とエヴァラードは電話口でまくしたてる母の話を聞き流しながら思った。あの母ときたら話題に乏《とぼ》しく、しかも同じ話を繰り返す癖《くせ》があるため、自分でさえできれば避けたいと思っているのだ。

それに、マリエがリドレイの家を訪問するのはなにも義母のご機嫌伺いをしたり、食事をしたりするためではない。

「そうとも」

エヴァラードは苦々しく独《ひと》り言《ご》ちた。

あの娘は、祖父ヴィリアンのことを慕《した》っているのだ。

だから、仕方なく俺と結婚したのだろう。

じいさんの我儘《わがまま》を叶えるために。

そんなことぐらい、とっくに気づいているさ。

だから俺たちはある意味、同志なのだ。お互い相手のためではなく、自分の思惑を優先して結婚証明書に署名をした。

俺たちはそういう関係なのだ。病身の祖父が身罷《みまか》るまでの。

そう言ったのは自分。

承知したのはあの娘。

「だから！」

エヴァラードは知らず、走り出していた。

靴音が冷えた空気を裂く。

荒く吐く息が真っ白だ。

大通りから外れて横道に入ると我が家はすぐそこだ。そこには心を通わせることのない妻が待っている。


「これで良し」

マリエは最後の皿を棚にしまうと、やり遂げた自分の仕事を見渡した。客間も食堂も元通りぴかぴかである。

二十分の早業《はやわざ》であった。

外は冷える。エヴァラードが風邪でもひいたらいけない。マリエは風呂の用意をしようと思い至った。

彼女が二階に上がろうと廊下に出ると、玄関ホールの扉が開いた。

「あ、旦那様、お帰りなさいませ」

マリエは素早く、壁際に寄って頭を下げた。

「ただ今お風呂の用意を」

「マリエ」

「はい」

珍しく夫から名を呼ばれる。なんだろうと思いながらマリエは次の言葉を待った。しかし、エヴァラードはなかなか次の言葉を発しない。思わず顔を上げると、奇妙な表情を浮かべた淡い瞳が自分を見つめている。

「旦那様？　どうか？」

「いや……今日はご苦労だった。皆お前の料理を喜んでいた……忙しくさせてすまない。もう少し早く言えばよかった」

「いえ……大丈夫です」

「君はちゃんと食べたのか？」

「はい」

マリエは、これまで自分の食事のことなど気にかけたことがない夫が、なぜ今そんなことを尋ねてくるのだろうかと不思議に思い、少し首を傾《かし》げて答えた。

「いただきました」

「それで――」

さらにエヴァラードは言いかけたが、そのとき、居間から電話の音が響《ひび》く。

「あ」

「俺が出よう」

そう言うと、夫はなぜだか慌てて電話へ向かった。マリエはその間、風呂の支度《したく》を済ませる。居間に戻るとちょうどエヴァラードは受話器を置いたところで、マリエに声をかけた。

「モリーヌからだった」

「モリーヌ様が？　こんなに遅くに？」

「フィンが今までぐずっていたんだと。……それで、君はこの間、モリーヌと夜会服の話をしたそうだな」

「いたしました。私が夜会用のドレスを持っていないと知って、ご自分のドレスで着なくなったのがあるからと」

「それでモリーヌが言ってたんだが、明後日の昼ごろ君に譲るドレスを持って家にやって来るらしい。もし都合が悪ければ、連絡をくれとも言っていた」

「あ……そうなのですか？　わかりました。モリーヌ様は本当にご親切な方です」

「なんなら作るか？」

「は？」

エヴァラードの言葉には主語がなく、マリエはなんのことかわからず、問い返した。

「いやその、ドレスだ。これから着る機会もあるだろうし、君はよくやってくれているから、感謝の意味もこめて」

「いえ、そのようなお気遣いは……モリーヌ様からもお借りするだけですので」

思いもかけないエヴァラードの提案に面喰らい、マリエは恐縮して首を振った。

「お気持ちだけで……ありがとうございます」

「そうか」

申し出をあっさり退《しりぞ》けられて、エヴァラードは鼻白《はなじろ》んだ。女にものを贈ると言って断られたのは初めてだった。

せっかくこちらから歩み寄ろうとしているのに、可愛げのない女だ。

「なら、モリーヌによく相談に乗ってもらうといい。言ったように、来月仕事関係の祝賀会がある。重役や外国の関係者も来るし、みっともない姿では出て欲しくない」

「はい。そのようにいたします……お風呂がそろそろ頃合いだと思いますので、どうぞ」

マリエはエヴァラードに一礼して台所に下がった。明日のパンの生地を仕こまねばならない。

エヴァラードはマリエの姿が見えなくなると、黙って階段を上った。

なんてつまらない女だろう、頑《かたく》なで付け入る隙もない。

さっき言ったことを謝ろうと思っていたのに。本気で悪いと思っていたのに。

結局のところ、俺がなにを言っても、あいつはどうでもいいのかもしれない。謝ったところで丁寧に頭を下げて「お気になさらず」などと、かわされるだけだろう。酷《ひど》い言葉も聞き流し、ものを贈ると言っても興味を示さない。つまりは、俺になど、まったく関心がないのだ。

そう考えると、心の底がずくりと疼《うず》いた。

「なにを今さら」

自室の扉を背中で閉めて、エヴァラードは苦々しく言った。

なにもかも自分の望んだ通りではないか。なにも言わなくても家の中は居心地良く整えられ、食卓に向かえば美味い料理を出され、自分が外でなにをしようが、いつ帰ろうが文句を言われない。これこそ理想の結婚生活というものだ。

ただ――

思っていたより自分は満足していなかった。無性に面白くない。取りつく島もない完璧な妻。

自分より八つも若いくせに、なにもかも達観《たっかん》したような静かな灰色の目。

その目が見つめる先に自分はいない――

正面には大きな姿見がある。暗い鏡の向こうに不愉快そうな顔つきの男が映っていた。

結局また酷《ひど》い言葉をかけてしまった。

なんであんなことばかり言ってしまうのか。

あの娘を前にすると、自分を持て余してしまう。

「畜生！　なんだというんだ！」

エヴァラードは荒々しくタイをむしり取ると、鏡の中の男に向かって投げつけた。

その夜遅く、この冬初めての雪が舞い落ち、街をゆっくりと覆《おお》っていった。

7　初めての夜会、もしくは不実の意味

「ほら、これで良し！」

仕上げに、大きめの化粧筆でマリエの頬に紅《べに》を刷《は》いたモリーヌは、つつっと後ろに下がって自分の作品を眺めた。下がっては眺めて、寄っては見つめてを数度繰り返す様子は己《おのれ》の作品を見定める芸術家のようだ。マリエが不安になり始めていると、モリーヌは「素晴らしくきれいだわ！」と、手を打った。そのまん丸い瞳はとても楽しそうだ。

「さぁ扇《おうぎ》を持って」

モリーヌはまだ不安そうに自分を見返すマリエを急き立て、ついにはその周囲をくるくると回りだした。

「我ながら傑作《けっさく》！　いや素材もいいんだけど！」

「はぁ」

今二人はエヴァラードの部屋で、夜会の支度《したく》の真最中である。

大きな姿見があるからと主《あるじ》を追い出し、この部屋でドレスの着付けをすることになっ

たのだ。

今夜マリエは、初めての夜会に臨《のぞ》む。

モリーヌがこの家を訪ねてくるのは、今日で二回目だ。

先日、マリエにドレスを届けに来てくれたとき、マリエが夜会の経験がないと言うと、モリーヌはぜひ自分に支度《したく》を手伝わせてくれとせがんだのだ。マリエに否《いな》やはない。なにしろ初めての社交界である。無論《むろん》社交界といっても、王族や貴族たちが参加するようなたいそうなものではないが、それでも大陸横断鉄道南北路線のルート完成を記念する夜会だから、国の内外からそれなりの人物が集まる。マリエは昼間の式典には出席しないが、エヴァラードに夜会には出るようにと、言いつけられていた。

「結婚したのに妻を連れて行かないと変に思われるんだ。だから、しばらくの間辛抱《しんぼう》してくれ」

……そう言われて。


「あのぅ……モリーヌ様」

マリエは、嬉しそうにあちこち微調整しているモリーヌに困り果てた声を上げた。自分は一体どうなっているのだろう。姿見にはドレスはきれいだが、さっぱり自信のなさそうな自分が映っている。

「やっぱりねぇ。私の目に狂いはなかったわ。マリエ、あなた今、自分がどんなにきれいだかわかる？」

「さぁ……正直わからないです。でも、少しでもよくなったなら、お借りしたこのお衣装のおかげですよ。馬子《まご》にも衣装って言うでしょう？」

「違うわよ。服は単に小道具。あなたがもともと持っている美しさを引き出しただけ。ほら、とっくり見てごらんなさい」

　モリーヌは大きな姿見の前にマリエを押しやった。

　そこには若竹《わかたけ》色のドレスに身を包んだ若い婦人が立っていた。豊かな灰色の髪は後頭《こうとう》でくるくると結《ゆ》い上げ、頬の両脇に少し垂《た》らしている。髪にはドレスの色と同じ優しい色の花の簪《かんざし》が飾られ、襟《えり》は大きく刳《く》られているため、白く丸い肩が見えている。

「……」

　慎《つつ》ましく育ったマリエは、戸惑いを感じて頬を染めた。その様子をモリーヌは、初めての夜会に妹を送り出す姉のような気持ちで見守る。

「……とてもいいわ。今夜はあなたに目を奪われる殿方が引きも切らないはずよ」

「そんなことはありえません……私はこんな汚い髪色ですし……こちらの方は皆明るい

御髪《おぐし》をしておられますから」

「なにを言ってるの。あなたの髪はとても珍しい色なうえに、たっぷりとしていてすごくきれいなのよ。この色は緑色にきっと映《は》えると思ったんだけど、まさにどんぴしゃだわ。まぁ薄い紅色でもいいかなとも思ったんだけど、それはまたの機会に取っておきましょう。コルセットはきつくはない？」

「大丈夫です」

「腰が細いから、本当はコルセットなんかいらないくらいなんだけど、これぱっかりはしないと格好《かっこう》がつかないし、胸を押し上げるためでもあるから我慢してね」

「……ええ」

マリエは小さく頷《うなず》いた。コルセットの経験はあるので、さほど気にはならない。

「本当はもっと背中も開いたドレスがよかったのよ。でも、今日のところはこのくらいね。すごく素敵よ。普段からもっと派手にしてもいいと思うわ。あなたはいつも控《ひか》えめだし、視線を下に向けていることが多いから気がつきにくいけれど、とてもきれいな肌と目をしている。それに、姿がいいわ。知っていて？」

「言われたことありません」

マリエは疑わしそうに言った。

「確かに流行《はや》りのおめめぎらぎら、金髪ぴかぴか美女、という感じではないけれど……なんていうのかな？　水辺で風に吹かれる柳《やなぎ》……？　うん、そんな感じ！　そんな感じよ。私ってなかなか詩人じゃない？」

「柳……って、木じゃないですか」

「そうよ、木。しなやかで瑞々《みずみず》しい若木の風情《ふぜい》。なにも花にたとえるだけが女の褒め言葉じゃないわよ。さぁ、私はここを片づけているから、あなたは旦那様をうっとりさせていらっしゃいな」

そう言ってモリーヌは、もじもじしているマリエを部屋から押し出した。

＊　＊　＊

エヴァラードは先に支度《したく》を済ませて、居間で甥《おい》のフィンドルの相手をしていた。母親が置いていった菓子、おもちゃや絵本、居間に元々あった電車の模型などで相手をしていたが、子守《こも》りのネタもそろそろ品切れだ。母や姉がいるおかげで女の支度の長さには慣れているので、文句を言うつもりはないが、そんなにあの娘を人前に出すには時間がかかるのだろうか？

そんなことを考えていると、下の方から厳しい抗議の声が上がった。

「うぉう！」

「おお、すまんなフィン。肩車をしてやりたいのは山々だが、お前はよく動くから、せっかく整えた髪やらクラバットやらが滅茶苦茶になってしまうだろ？　高い高いで我慢してくれ」

「うぃご！」

エヴァラードは肩車を強請《ねだ》る甥《おい》っ子に真面目な口調で言った。

「そうか、わかってくれたか。さすがは俺の甥だ」

伯父の褒め言葉にもフィンはだまされない。フィンは高い高いをしようとしたエヴァラードの手をすり抜ける。

「う？　おー！　マリ！」

エヴァラードの言葉を見事に無視したフィンが、なぜか叫んでエヴァラードの背後を指す。

振り向くと、知らない若い娘が立っていた。

「お……」

いつも固く編んで後ろで巻いている髪を下ろし、明るい緑色の服をまとっている。ぴっ

たりした身ごろは、今までエヴァラードが見たことのないマリエの首筋や肩の曲線を際立たせていた。

「お待たせしました」

マリエは小さく呟《つぶや》いて腰を屈《かが》めた。その拍子に刳《く》られた胸元から柔らかな谷間が覗く。

「……旦那様？」

エヴァラードが無言なので、マリエは不安になって身を起こした。

「……あ？　ああ、ずいぶんかかったな」

「申し訳ありません。慣れないもので」

「いや……いい。どうせ、モリーヌがあれこれやりたがったんだろう……まぁ、その甲斐《かい》はあったようだ。少しは見られるじゃないか。きれいな色の服だ」

「ありがとうございます」

とても褒めているとは思えないエヴァラードの言葉に、マリエは頭を下げた。

「今夜の夜会は、半分は仕事の集まりでもある。でも室内楽くらいはあると思う。ゆったりとした踊りはできるか？」

エヴァラードはマリエの背後にある難しい本の背表紙を睨《にら》みながら言った。

「ゆったりと、ですか？　私の知っている踊りではないみたいです」

「そうか。なら挨拶が済んだら軽食でも摘まんでいるといい。酒は飲めるか？」

「……少しなら」

「気をつけろよ。口当たりのよい強い酒もあるから。甘い酒ほどあとで足に来る。それをわかって飲ませようとする奴もいるからな。若い男に多い」

「飲まないようにします」

……俺は一体なにを力説しているんだ？

エヴァラードは、いつになくぺらぺらと喋《しゃべ》っている自分に辟易《へきえき》していた。しかし、空虚な言葉はとどまるところを知らない。

「それがいい。俺は君の傍《そば》にはいられないことが多いと思うから。俺がいいというまでは、目立たないように帳《とばり》の陰《かげ》にでもいれば問題ないと思う。知らない人に話しかけられるのは苦手だろう？」

「はい。おっしゃるようにいたします」

本当はそんなに苦手というわけでもないのだが、マリエは素直に頷《うなず》いた。確かに慣れない場面である。

「まぁまぁエヴィー。なぁに？　その学校の先生みたいな口ぶりは。いくら自分の奥さんがあんまりきれいになったからって、そんなに口うるさく注意することないじゃない」

いつの間にか階下に下りてきたモリーヌが、息子を抱き上げながらエヴァラードをからかう。フィンドルはエヴァラードがマリエと話している間、廊下に出てしまっていたのだ。

「あんまり気を取られ過ぎているから、フィンが放浪《ほうろう》していたわよ」

「ばっ……馬鹿なことを……きれいになるのは当たり前だ。こんなに時間をかけたんだから」

義姉の意地悪なもの言いに、エヴァラードはむっとして言い返した。

「あら、私は服を替えただけでお化粧はほとんどしてないわよ。だってクリーム色のキレイな肌をしているんだから、白粉《おしろい》で隠すのはもったいないわ。素材を褒めて欲しいわね。見てよこの細い腰、なのにお胸は……って、旦那様ならとっくにご存じね」

「……」

モリーヌの少々踏みこんだ言葉を聞いて、エヴァラードは顔を背《そむ》けた。当然だ。初日に自分が言ったことを思えば、彼女についてなにかを言える資格はない。

彼は妻のことをなにも知らなかったのだ。

知っているのは、料理や家事が上手いことくらい。

体つきのことなど、考えたことすらなかった。常に彼の視界に入るのを避け、露出の少ないゆったりとした普段着を着ているマリエは、エヴァラードにとって壁に掛けられた絵の中の女とそう変わらなかったのである。

　彼女が着飾ったのは、結婚式のときだけだが、あのときは長いヴェールを被っていた。あの頃はまだ無理やり押しつけられた田舎者《いなかもの》の妻という印象が強く、まともに見ようとさえしなかったのだ。

「エヴァラード？　どうなさったの？　難しいお顔をして」

「なんでもない。そろそろ行くぞ、マリエ。車を呼んである。外套《コート》を着なさい」

　エヴァラードはモリーヌの視線から逃《のが》れるようにマリエの横をすり抜け、ホールに出て行った。モリーヌはこのあと、夫が迎えに来ることになっている。

「……すみません」

　マリエは小さくモリーヌに謝った。

「なぁに？」

「せっかくモリーヌ様が手をかけてくださったのに、あまりきれいになれなくて……旦那様は失望なさったのでしょう」

「さぁねぇ。エヴィーはそこらの女性相手には、如才《じょさい》なくお世辞《せじ》の言える人だったように思うんだけど。あんな風にうろたえるのは初めて見るわね。これはどういうことかしら？　ねぇフィン？」

モリーヌは息子に頬ずりしながら感慨深《かんがいぶか》げに言った。

「むぅ」

フィンドルは渋面《じゅうめん》を作っている。

「余程ダメだったんですね」

これだけ手をかけてもらったのだから、少しくらい気に入って頂けたらよかったのに。やっぱり夫は自分の料理の腕前しか認めてはいないのだ。わかっていたことなのに、わずかでも褒めてもらいたいと思ってしまった自分がマリエは嫌になる。

やっぱり今までのように、なるべく視界に入らない方がいいのだと、マリエは初めてほろ苦い想いを感じて、まつ毛を伏せた。

しかし、モリーヌの見解は違っていたようだ。

「なに言ってるの！」

モリーヌはマリエに白い外套《コート》を着せる。この外套《コート》も借り物だ。汚さないようにしなければ。

「私はむしろ反対だと思うわ。でも、あの様子じゃちょっと……まぁいいわ……ああ、マリエさん？　あなたは普通にしていればいいわ。もっと顔を上げて笑って？　……そうよ、そんな感じ。大丈夫、とてもきれい。見る人が見たらわかるわ。私の言葉を信じて、今日は楽しんでいらっしゃい」


車の中で二人は黙ったまま、リアシートに並んで座っていた。

マリエはぼんやりと窓の外を眺めている。

エヴァラードは――

どういうわけか、あまり面白くなかった。

見栄えがしないと思っていた妻は、布きれ一枚で別人のようになった。

まぁ、普段が野暮ったすぎるからだろうが、それにしてもなかなか見られるじゃないか。

横目でマリエを窺《うかが》うと、薄暗い車の中で首筋だけが白く光っていた。

正直、こんなに変わるとは思わなかった。

冴《さ》えない色だと思っていた灰色の髪は、たった一つ簪《かんざし》をつけただけで見事に生まれ変わった。決して華やかではないが、春を待つ新芽のような瑞々《みずみず》しさと言えば、褒め言葉になるのだろうか？

エヴァラードは知らず、モリーヌと同じようなことを考えていた。

なにより彼が目を奪われたのは、マリエの優雅でいて、しかし決して弱々しくない肢体。流行遅れの普段着の下に、こんな女らしい曲線を隠していたなんて。

「……」

エヴァラードの視線に気づいたのか、マリエは少し顔を傾《かたむ》けたが、軽く会釈《えしゃく》をしただけで、すぐに窓の外を向いてしまった。その素っ気なさに言いようのない気持ちがこみ上がる。

それにしても相変わらずのこの頑《かたく》なさはどうだ。少しくらい微笑めばいいのに──俺を見て。

そうすれば、きれいだと言ってやれたかもしれないのに。

可愛げがない。まったく可愛くない。

拳《こぶし》が固まる。

だが、これでとりあえず、マリエを妻だと紹介するのに引け目を感じる必要はなくなった。

今夜は楽しい夜になるはず。

エヴァラードは前髪をかき上げた。車は大通りに差し掛かろうとしている。

「ああ、見えてきた。あれがそうだ」

固い声にマリエがそっと目を上げる。

「あれが……」

夜目《よめ》にも鮮やかな白亜《はくあ》の建物が目の前に現れた。

＊＊＊

マリエは室内の雰囲気に気圧《けお》されていた。

本などで世の中には華やかな場所があるとは知っていたが、実際に見るのとでは全然違う。色彩が不明瞭なマリエにもその煌《きら》びやかさはよくわかった。

すごい……。

広いホールでは流行の装いに身を包んだ人々がさざめきながら闊歩《かっぽ》し、真冬だというのに色鮮やかな温室咲きの花々がそこかしこに盛られている。壁際に置かれたテーブルには見たこともない料理や酒が所狭しと置かれていた。

「どうだ？」

エヴァラードは楽しげにマリエを見下ろして尋ねた。

「王宮の本格的なものに比べると大した規模ではないが、君には驚きだろう？」

「……」

声に出さずにマリエは頷《うなず》く。いつもは下方に落としがちの視線が、緊張のためか、大きく見開かれている。それを見て、エヴァラードは先ほどから感じていた苛立ちが治まるような気分になった。

——この娘でも動揺することがあるんだな。

「先に主だった人たちに挨拶する。初めて会う人が多いから何回も自己紹介をすることになると思うが、しっかりやってくれよ」

「……だ、大丈夫です」

「まぁ、君は俺の妻だと名乗ってあとは笑っているだけで構わない。ただ、頬を引きつらせていては台無しだぜ」

エヴァラードは手を伸ばし、マリエの頬に触れた。

緊張をほぐしてやろうとしたのに、白手《しろて》越しにマリエの頬の柔らかさが伝わり、思わず手を離してしまったのはエヴァラードだ。

妻の肌に触れるのは初めてだったので、そのことに彼は思いがけずうろたえたのだった。

「……はは、本当に大丈夫みたいだ」

「はい、ありがとうございます」

マリエも少し驚いたが、夫が自分を励ましてくれたのだと思い、微笑んだ。

「行くぞ」

そう言うとエヴァラードは作法通り、妻に腕を差し出す。

マリエはぎこちなく、その手を取った。これが二人が最初に肌を触れ合わせた瞬間だった。

ホールに進むと、着飾った人々が次々に彼らに視線を向けてきた。長身のエヴァラードが黒い礼服を着こなす姿は非常に絵になり、既知《きち》の女性はもちろん、彼を知らない女性の注目も集める。そのうちの何人かは傍《かたわ》らにいるマリエに、挑発的な視線を送ってきた。

挨拶は年配の者から行うのが慣例だ。エヴァラードは上司たちが集まっている、ホールの中央へと進んだ。彼らに気がついた紳士が迎え入れてくれる。

「やぁ、リドレイ君。久しぶりだね」

「ああ、ハンネスさん、こんばんは。南部視察から戻られたんですね。路線図完成おめでとうございます。マリエ、こちらは軌条《レール》敷設《ふせつ》責任者のハンネスさんだ。妻のマリエンティーナです」

「おお、そういえば、リドレイ君はご結婚されたんだったな。これはこれはきれいな奥方だ。初めまして、リドレイ夫人。私はルース・ハンネスと申します。設計主任をしております。以後お見知りおきを」

「初めまして、マリエンティーナと申します」

マリエは丁寧に腰を折った。リドレイ夫人と呼ばれたのは初めてだったので、自分のことではないような響《ひび》きに戸惑う。

それをきっかけに二人の周りに人が集まってきた。エヴァラードは結構人気があるらしい。

「え？　あの当代きっての色男君が結婚したって？」

「おや、君、知らなかったのかい？　もっとも奥方にお会いするのは私も初めてだが」

「確かに隠したくなるような可愛い奥さんだね」

「まぁ、あなた。そんなに見つめては奥様がお気の毒よ」

大抵は夫人を伴《ともな》った壮年の紳士たちで、場の雰囲気は上品な中にも気安さがあり、マリエは少し気後《きおく》れしながらもなんとか対処することができた。

そのあとは正面に設《もう》けられた演壇で、マリエの知らない立派な紳士たちの演説が始まる。聞けば鉄道会社の会長や、隣の国の外交官だということだが、話の内容は難しくてマリエにはよくわからない。とりあえずわかったのは、東西、そして南北の大陸横断鉄道が、諸国の交流と発展に貢献《こうけん》するということだった。

満場の拍手と共に演説が終わると、夜会はその本来の姿を見せ始める。つまり若い連中同士の交流である。ホールのあちこちにいくつもの集団ができ、中でもエヴァラードの周りはたくさんの女性たちが集まり、大きな円になっていた。

王都、エトアールの社交界は決して豪勢《ごうせい》ではないが、堅苦しくもない。若者たちは開放的である。節度をわきまえて、自由な恋を楽しんでいる者も多かった。

夫であるエヴァラードも、おそらくそういう人間のうちの一人なのだろう。

明るく広いホールの中で、マリエはこの街に来て初めての孤独を感じた。

＊　＊　＊

「エヴィー？　久しぶりね」

「時々は出てきてくださらないとつまらないわ」

口々にさえずる華やかな鳥たち。

以前は楽しんでいたその鳴き声が今はよく聞き取れない。久しぶりの華やかな場所だというのに、エヴァラードは期待していたほど、楽しめていなかった。

「リドレイ、君の可愛い奥さんを紹介してくれよ」

「そうだぞ。家に引きこもってずっと独り占《ひとじ》めしていたんだろう？　この幸せ者め！」

うるさい、うるさい。

マリエは――？

マリエは少し離れたところに立ってエヴァラードを見ていた。目が合うと視線をす、と逸《そ》らされてしまったが、そこに宿《やど》っていたのは確かな困惑の色。

見ると、彼女は、男たちから無遠慮な視線を送られていた。

「マリエ」

エヴァラードが人々の間を縫《ぬ》ってマリエに歩み寄って腕を取った。するとマリエは明らかにほっとした様子で顔を上げた。エヴァラードが妻に寄り添ったのを見て、男たちの輪が少し縮まる。正式に紹介されたら、遠慮なく話しかけることができるからだ。

「……こっちへ。皆、少し待ってくれ」

エヴァラードはマリエの肩を抱いて友人たちの輪を抜ける。後ろから不満とからかいの声が聞こえるが、どうでもいい。

「遠慮のない奴らばかりですまないな。君から気を逸らすためにしばらく相手をしてくる。あとで迎えに行くから、君は向こうで待っていてくれないか？　重役たちへの挨拶は済んだし、もう気を遣わなくていいんだが、帰るには早すぎるし、あの衝立《ついたて》の向こうならあまり人はこないだろう。退屈ならその辺りのものを摘まんでいるといい。さっきも言ったが、酒には気をつけるように。それから馴れ馴れしく寄ってくる男にも」

「はい、そのようにいたします」

＊　＊　＊

エヴァラードに従ってマリエはホールの隅に向かうことにした。

緊張はまだ解《と》けないし居心地もよくない。それに、先ほどから気になっていることがあった。それはテーブルの上に美しく盛られている料理の数々だ。その中には見たこともない食材を使ったメニューがあり、盛り付け方も凝《こ》っていて、マリエの興味をたいそう引いたのだ。特に交通の便の悪い内陸部で育ったマリエは、あまり魚料理に詳しくはなかったので、それを試してみたいと思った。

あのお皿に料理を取ればいいのね。

大きな銀の皿が並んだ卓の脇に小さな皿が積まれている。周りを見てみると、話に興《きょう》じながら料理を摘まんでいる人たちも結構いる。それに倣《なら》って、マリエも気になる料理をいくつか小皿に取って、試してみることにした。

美味しい。

次にマリエは、一度揚げてから香りのよい果物の酢《す》につけた魚の切り身に目をとめる。上に細く切った色鮮やかな野菜がたっぷり載せられていて目にも美しい。

これ……なんの魚かなぁ。今度市場《いちば》で探してみよう。

他の料理も凝《こ》った切り方や盛りつけ方、ソースのかけ方をしていて目を楽しませてくれる。今まで盛りつけ方に工夫を凝らすという発想がなかったマリエは、こういう料理の見せ方もあるのだと感心しながら次々に皿に載せ、載りきらなくなったところで、言われた通り衝立《ついたて》の後ろに回った。

だが、そこにはすでに先客がいた。

ハリイだった。先日の夕食会以来である。彼はグラスを持ってつまらなさそうに壁にもたれていた。

「やぁ、こんばんは」

「あ……こんばんは」

マリエの姿を見て立ちあがった彼は、傍《かたわ》らの椅子を引いてマリエを座らせた。そして小さな卓を引き寄せ、マリエの手から皿を取って置いた。

「いらしていたとは気がつきませんでした」

「だろうね。遅れてしまったんですよ。エヴァラードとは目が合ったけど、あんまり人に囲まれてたから挨拶し損ねて」

「お姿が見えなくて、皆さんが心配されるのではありませんか？」

「いいんです。大体僕はいつでも夜会では壁の苔《こけ》だから」

「コケ？」

「苔ですよ、苔。だって花じゃないでしょう？　世話になっている人たちにだけ、挨拶をしてきたから大丈夫です。あなたこそ、あんまりきれいだからエヴァラードに隠されてしまったんじゃないんですか？　ここから見えていましたよ」

マリエはきっぱりと否定した。

「いいえ。旦那様は、気後《きおく》れしている私を気遣ってくださったのです」

「……だったらいいけど……それ、美味しそうですね」

場の空気が妙なものになりかけたのを気にしたのか、ハリイが唐突に話題を変えた。

「魚が好きですか？」

「え？　ええ、私の故郷では魚はあまり食べないんです。あっても、乾物か川魚ばかりで、こんなに手のこんだ魚料理は初めてです。お酢が利《き》いていたり、ハーブオイルに漬《つ》けこんだり」

「へぇ、今まで魚料理のことなんて考えたことがなかったけど、マリエさんが言うと美味そうに聞こえますねぇ。どら、僕も取ってこよう。あ、座っていてください。あなたの飲み物も取ってきてあげましょう」

そう言ってハリイは幾度か往復して、卓に二人分の料理と飲み物を並べた。そして、二人は楽しく食べ始めた。

「そういえば、マリエさんはどこのご出身？」

「東にあるソンムという、国境の町なんです」

「ソンム！　知っています。大陸横断東西線の終着駅になるところだ。ずいぶん遠いなぁ」

「ええ、もう駅舎の建築が始まっているとか」

「そのはずだよ。エヴァラードも設計に関わっているはずだが……ああ、もしかして彼とはその縁で？」

「まぁ大まかに言えば、そういうことかもしれません」

ヴィリアンとのことを話すのは憚《はばか》られたので、マリエはそう応えるだけにとどめた。

「ソンムかぁ……残念ながら僕は行ったことがないなぁ。どんな町なんだろう？」

「なんにもないところですよ」

「なんにも？」

「荒野《こうや》と、草原と……草原には兎《うさぎ》や鹿なんかがいますが。あと、アナグマも」

「あはは！　アナグマか。そりゃあ楽しそうだ」

「でも、野菜を齧《かじ》るから厄介者《やっかいもの》なんですよ」

エトアールに来て以来、ほとんど話すことのなかった故郷について、ハリイが熱心に聞いてくれたので、マリエは彼に問われるまま、東の国境地帯のことや、家族のことを思いつくまま語った。

小さな空間で食事を楽しみながら語り合い、思いがけず楽しいひと時を過ごした。

「……すごいね。君は意外に話し上手だ。話を聞いていると、国境の乾いた風が吹いてくるみたいに感じるよ」

「そんなことを言ってくださったのは、ハリイ様が初めてです」

「前にも言ったと思うけど、様はやめてくれないか？　なんだか自分じゃない気がする」

マリエの首から肩にかけてのまろやかなカーブと、鎖骨の魅惑的な凹凸に目を吸い寄せられそうになったが、無理やり引きはがしてハリイは言った。

「僕もマリエって呼ばせてもらうから……」

「はい。ではハリイ」

「うん、いいね。マリエ、今日の姿はすごくいい。服と髪の色がとても合ってる」

「服は素敵な色ですけど、髪は……」

「燻《いぶ》した銀のようだ」

「銀色？　灰色じゃないですか？」

「違うよ。俺には銀色に見えるんだ」

「女王陛下の髪の色もあまりよく知らなかった人に褒められても……複雑です」

「うへえ、参った。でもあれからちゃんと調べたんだよ。女王様は今ご懐妊《かいにん》中だそうだ」

「まぁ！　そうなのですか？　私新聞を読まないから知りませんでした。ご結婚されたときは大変なニュースになりましたね」

マリエは素直に嬉しく思った。ハリイは思わず目を奪われた自分に気がつく。

「……それはいいことです」

夢見るような灰色の瞳。昔見た若い女王。あの人が母親になるのだ。

「……マリエ」

「はい？」

「あいつは……エヴァラードは君に優しくしてくれているかい？」

男の声は急に低くなった。

「え？　ええ……優しいの基準がよくわからないのですが……普通だと思います」

思いもよらないハリイの問いに、マリエは慎重に言葉を選んだ。夫の態度はときに冷ややかなことはあるが、マリエに悪意があるわけではない。必要なことはきちんと伝えてくれるし、料理も満足そうに平らげて、ときには褒めてもくれる。それ以上踏みこまないのはお互い様なのだ。

「普通？」

「ええ、普通……です」

「とても結婚したての若奥さんの台詞《セリフ》とは思えないけどなぁ。前も気になったんだけど、エヴァラードは——決して悪い男じゃないんだが、どうも君には少し我儘《わがまま》になっているような気がする」

「そうですか？　私はへいきですよ」

「マリエ」

マリエがさらりと答えたその瞬間、不意に名前を呼ばれた。

同時に、二人の男に。

違和感に顔を上げる。

——夫が立っていた。

＊＊＊

「エヴァラード！」

「また君か……ハリイ、君はよっぽど暇《ひま》なんだな」

エヴァラードは面倒そうに同僚に向き合った。

「または、俺の台詞《セリフ》だよ。お前こそ、また奥さんをほっぽり出していたじゃないか」

「前にも言ったはずだが、マリエはあまりこういう場に慣れていない。それに俺はただ皆に挨拶をしていただけだ。さぁ、お前も俺を見習ってとっとと済ませてこい。テルミドール駅の広場をデザインしたのはお前だろう？　意見を聞きたいとテルミドール市の助役がお待ちだぞ」

「待たせておけばよいさ、あとで行く」

「ならここにいるんだな。マリエ、行くぞ」

エヴァラードは後ろに立っているマリエの腕を取った。

「は、はい。ではハリイ様、今夜はこれで失礼いたします」

「マリエ……すまなかったね。じゃあまた今度ね」

ハリイはマリエに手を振ったが、エヴァラードは自分の身を割《わ》りこませてそれを隠した。

今度などあるか！

エヴァラードがマリエを連れ出したのは、ホールの外のロビーである。

そこもホールと同じくらい豪華で広かったが、人は格段に少なく、中の熱気に慣れた肌には薄ら寒く感じられる。

「まったく……君は目を離すといつもこうなのか？」

「……こう、とは？」

エヴァラードはマリエを壁際に追いやりながら言った。

マリエは抵抗こそしなかったが、びっくりしたためか、珍しく彼を正視している。大きな瞳には先ほどまでの微笑みはない。ハリイの肩越しにエヴァラードを見つけた瞬間から、頬から柔らかさが掻き消えたのだ。

「俺のいないところでは、いつも男に媚《こび》を売っているのかと聞いているんだ。ハリイとなにを話していた？」

エヴァラードは低く言った。

怯《おび》えろ、怯えたらいい。

苛立たしいばかりの穏やかさを壊してやる。

エヴァラードは残酷に考えた。

「……すみませんが、媚《こび》の意味がわからないです。私は旦那様に言われたこと以外はいたしておりませんし」

「なに？」

大人しい妻が口答えをしたことに、エヴァラードは大変驚いた。今までさんざん酷《ひど》いことを言ってきたが、言い返されたことはない。

「旦那様は、私に知らない男性と話さずに、向こうで大人しくしていろと言いました。私はずっとそうしていました。ハリイ様がいらしたことは私の責任ではありませんし、知らない人ではありません。話していたことは私の故郷や料理のことなどです。なので叱《しか》られる理由がわかりません」

「……」

「すみません。逆らうつもりはないのですが、旦那様は一体、私のなにご立腹なのですか？」

静かに問われ、エヴァラードは怯《ひる》む。

女に正面から口答えされたのは初めてだった。単純に怯《おび》えてくれれば、もう許してやろうと思ったのに、マリエに恫喝《どうかつ》の効果はなく、逆に己《おのれ》の矛盾を突きつけられてしまった。

エヴァラードに答えられるはずもなかった。

この間と同じく、自分の知らないところでマリエが楽しそうにハリイと笑い合ってい
たからだなんてとても言えない。というより、そんな下らぬことで普段自分に尽くして
くれている大人しい妻に対し、横暴に振る舞う自分が理解できない。

女にこれほど感情をかき乱されたのは初めてだった。

へいきです、とマリエはハリイに言っていた。

つまりは夫である自分などどうでもいいのだ。マリエにとって自分は祖父、ヴィリア
ンの孫というだけの存在なのだ。

無関心だからこそ、常に穏やかでいられる。わかっていることなのに。

ああ、気分が悪い。息苦しい。

エヴァラードは知らず、クラバットを緩めた。

「……旦那様？」

口元を歪《ゆが》めたエヴァラードを見て、マリエは首を傾《かし》げた。

美しく結《ゆ》い上げられた髷《まげ》から、一房の髪がはらりと落ち、頬を流れて首筋にかかる。

都では滅多に見られない不思議な灰色。普段高い襟《えり》に隠れて見えない首はすんなりと伸

びて――

これが自分の妻なのだ。

エヴァラードは唇を噛みしめた。

「旦那様？　ご気分が？」

「……いい。すまなかった。君はなにもしていない。ただ俺が苛立っていただけなんだ。俺はどうかしていた……君はもう帰りなさい。そのつもりで呼びに来たんだ。少し早いが今夜の君の用は済んだ。御苦労だったな、クロークで外套《コート》をもらってきなさい。車を呼んでおくから」

そのままエヴァラードは、マリエから逃《のが》れるようにロビーを出て行った。

＊　＊　＊

一体旦那様はどうされたのかしら？

さっぱりわけがわからなかったマリエだが、一つだけ思い当たることがある。

自分が楽しくしていると、どういうわけか彼の不興《ふきょう》を買うのだ。

でもどうして？　お邪魔になっているとは思えないのだけれど、もっと大人しくしていろということかしら？　それとも私に笑うなということかな？

外套《コート》を受け取ったマリエが考えこんでいると、背後に人の気配がした。

振り向くと、美しい声を掛けられた。

「こんばんは」

そこにはすらりとした、自分よりかなり年上の美しい婦人が立っていた。同時に華やかなバラの香りが鼻腔《びこう》をくすぐる。全く知らない女性だ。さっき挨拶した中にこんな婦人はいなかった。見たら忘れられないほど目鼻立ちがくっきりとしていて、女優のように優雅である。

色はよくわからないが、体の線を際立たせる濃い色のドレスをまとい、おそらく金髪なのだろう、淡い色の巻き毛は最新流行の思い切った断髪である。余程自分に自信がないとできない髪形だ。

「失礼ですが、リドレイの若奥様でいらっしゃいます？」

見知らぬ婦人はマリエに尋ねた。滑《なめ》らかな甘い声は主《あるじ》の印象を裏切らない。

「左様《さよう》でございます。マリエンティーナと申します」

マリエが美しい女に見惚《みと》れながら腰を折ると、婦人はわざとらしく驚いて見せた。

「まぁ私ったら、名乗りもせずに……申し訳ありませんでしたわ。私はオーロール・アンヌと申します。トルシェ男爵夫人ですの」

「それは……存じませんで……私はこちらに来たばかりで、まだあまり知り合いがいないので……」

マリエはこんな場合、どうしたらいいかわからない。このご婦人が一体なんのために自分に声をかけたのか、見当もつかないのだ。

男爵夫人というからには貴族なのだろう。

そんな方がなんで私なんかに……？

「ああ、存じておりますわ。エヴィーから伺っておりますもの」

くすりと女は笑った。エヴァラードの愛称を発するときの甘い発音は、彼の周りの灰色の女性たちと同じ。

しかし、この美しい婦人からはもっとはっきりした明暗をマリエは感じた。

「旦那様から？」

きっと中に夫の姿が見えないので自分に尋ねようとしているのだ。さっきは緊張していて気がつかなかったが、ホールで夫と共に挨拶しているところを見られていたのだろう。

「旦那様のお知り合いの方ですか？」

「ええ、私たちは古い友人なんですの。お互い気心の知れた……と言いますか、突然結婚されたときは私も大変驚いたのですけれども……それで奥様がどんな方なのか……ぜひお会いしたいと思っておりましたの」

女は、古いという単語や、気心の知れたという部分をことさら甘く発音したかに思えた。マリエよりやや高いところにある顔を見ると、ビロードのような微笑みの中に、うっすら勝ち誇った色がある。色彩は感じられないのに、そんなつまらない部分にだけ鋭い自分が嫌になる。

——ああ、そうか。

夫人から漂《ただよ》うバラの香りには覚えがあった。

旦那様のシャツを洗濯するとき、今までに一、二度香ることがあったのだ。それはかすかなものだったが、視覚以外の感覚が鋭い自分が間違えるはずがない。

つまり、そういうことなのだ。

彼女は旦那様の恋人だ。

マリエは女に気づかれぬように、ひそかに息をついた。

突然動かしがたい事実と向き合わされた。心臓は高鳴っているのに、白手《しろて》の中の指先が冷たい。

こんなことは初めてだった。

ヴィリアン様に旦那様との結婚話を持ち掛けられたときでも、驚きはしても動揺することはなかったのに。

どうしてなの？

だめよ、動じては。初めからわかっていたこと。

今さら驚くことがあろうか。旦那様は初めから言っていたではないか、自分はよい夫にはなれないと。

彼女の言葉が匂わす通り、二人はかなり前から恋人同士だったのだろう。

私たちが普通の夫婦だったなら、これはいけないことなのだろうが、自分たちはそうではない。あくまでもヴィリアン様を介しての関係に過ぎないのだ。この方が私たちの関係をどこまで知っているのかはわからないが、旦那様の心が自分にあることは確信しているのだろう。だからこそ、これほど自信に満ちているのだ。

旦那様はこの方に私たちのことを打ち明けているのかしら？

二人が愛し合っているのならば、そうするのが当然かもしれない。

旦那様の態度が冷たいのも頷《うなず》ける。つまり、二人の間に割《わ》りこんだのは自分なのだ。

そして、考えたくはないが、ヴィリアン様に万一のことがあって、自分たちの関係が消滅したら、旦那様は晴れて夫人との交際を明らかにするのだろう。私には確かめようがないが。けれど――

今は考えてはだめ。この方には申し訳ないけれど、私は決めたことを途中で放《ほう》り出すわけにはいかないの。

マリエは微笑んだ。す、と背を伸ばす。

「ありがとうございます。このような場所でどう振る舞っていいのかもわからない田舎者《いなかもの》ですが、夫ともども宜しくお願いいたします」

そう言って、出来るだけ優雅に見えるよう腰を下げた。

「まぁ、謙虚《けんきょ》ですのね？」

オーロールはますます微笑を深くした。

「オーロール！」

声を上げてエントランスから走ってきたのはエヴァラードだ。

「こんなところでなにをやっている？　マリエがどうかしたのか？」

「あら、エヴィー、酷《ひど》い言い方ね？　私はさっきここに来たところよ。そしたらあなたの可愛い奥様を見かけたので、ちょっとご挨拶していただけ。ねぇ奥様？」

「挨拶?」

エヴァラードは傍《かたわ》らに佇《たたず》む妻を見た。マリエはいつもの静かな様子でこちらを見ている。まるで自分は部外者だというように。

だが、その頬がさっきより白いのは、ここが寒いせいだろうか?

「マリエ? そうなのか?」

「はい。トルシェ男爵夫人様からご挨拶をいただいておりました」

「あら、本当は元、よ? 夫は去年亡くなったの。だから、こんな黒い服を着ているのですわ。私自身は貴族じゃないんですよ。だからどうぞ、オーロールとお呼びになって?」

「……」

マリエはオーロールの輝くような笑顔を受け止めた。

ずいぶん濃い色のドレスだと思っていたが、本当に黒だったのだ。喪《も》に服《ふく》しているという意味なのだろう。しかし、露出こそ少ないが布地が薄いために、体の線が露《あら》わになりすぎている気がする。都ではこういうものでも喪服というのだろうか?

「ともかく」

エヴァラードはマリエが腕に提《さ》げていた外套《コート》を取り上げた。

「君はもう家に帰るんだ」

手早くマリエに外套《コート》を掛ける。

「あら、ケンカでもなさったの？」

オーロールは歌うように問いかけた。

「いけないわ、新婚なのに。ね？　エヴィー？　夫婦は仲良くしなければ」

「君には関係ない、オーロール。君と違って、妻はこういった場所があまり得意ではないんだ。だからもう帰す」

「そうなの？　残念ですわ……もっとお話ししたかったのに……ではごきげんよう、奥様。ゆっくりお休みなさいませ。また是非お話をしたいですわ」

オーロールは美しい微笑を浮かべ、マリエはそっと腰を折った。

「はい。では、失礼いたします」

「エヴィー。じゃあ、またあとでね？」

オーロールに応えず、エヴァラードはマリエを急《せ》かせてエントランスを抜けた。

ファサードの大階段を下りたところに黒い車が止まっている。外は風はないが、暖かい屋内から出た者には身を切られるほど寒く感じられた。

「……彼女は君になにか言ったか？」

エヴァラードは階段を下りながら尋ねた。

「いいえ。本当に挨拶を交わしただけです。でもあんなにお美しい方には初めてお会いしました」

マリエは正直に言った。

「君が気にすることはない」

「しておりません」

階段を下りてきた二人を見て、運転手が外に出る。マリエは開けられた車の中に素早く身を滑《すべ》りこませた。

＊　＊　＊

「では失礼します、旦那様」

エヴァラードは車に収まったマリエに声を掛けるために身を屈《かが》めた。二人の目が合う。

「ああ……ご苦労だった。気をつけて帰りなさい。今夜は遅くなるから、待たずに休むように」

「おっしゃる通りにいたします」

マリエが頭を下げると、運転手はドアを閉めた。車が発進する。エヴァラードはしばらく走り去る車を見つめていたが、マリエは一度も振り返らなかった。

なんとも思わなかったと言うのか？

エヴァラードは冷えた夜気《やき》を感じながら、車の去った方角を見ていた。

マリエは大人しい田舎娘《いなかむすめ》だが、決して愚鈍《ぐどん》ではない。表に出さないだけで、本当はとても聡《さと》い女だということは、ふた月近くも一緒に暮らしていればわかる。

自分とオーロールの関係くらい、察したことだろう。

オーロールは隠そうともせずに、自分との仲をマリエに匂わせたに違いない。

棘《とげ》に甘い蜜を塗って。

なのに、マリエには動揺した様子はなかった。

夫の情人からからかわれたようなものなのに、顔色さえ変えない静かで冷たい完璧な妻。

軽蔑《けいべつ》すら、ない。

「馬鹿馬鹿しい！」

あいつはそういう女だ。わかっていたじゃないか。

エヴァラードは靴音も荒々しく階段を上った。

あいつが慕《した》っているのは自分の祖父だ。あの鉄壁の仮面が、四十も年の離れたあの男を見るときだけはがれ落ちるのだ。見誤っているとは思えない。

　まさか、あの自分にも他人にも厳しい祖父が、孫娘と同じくらいの年のマリエを相手にしたとは考えられないが、彼は彼なりにマリエを想っているのだ。

　間違いない。

「はっ！」

　エヴァラードは笑った。

　くだらない。

　最初から仮初めの関係である。自分がそう言ったのだ。君のすることに興味はないから好きにしろと。

　だから俺は俺で楽しんでいいのだ。

　今夜は久しぶりの気晴らしだ。

　夜会は夜半前にお開きになるだろうが、元々そのあとでオーロールの屋敷を訪問する予定だったのだ。彼女が夜会にまでやって来るとは思わなかったが、亡くなったトルシェ男爵は顔の広い男だったから、今夜来ていた客の誰かと繋《つな》がりがあったのだろう。それでマリエの品定めをしにやって来たに違いない。

　麗《うるわ》しの男爵未亡人は人気者だ。そして、エヴァラードの目下の情人である。拘束を嫌う彼にしては珍しく、どこかのパーティーで知り合って以来もう三年近くも付き合っている。

さすがにオーロールの結婚期間中は関係を断っていたが、去年二十歳以上も年の離れたトルシェ男爵が亡くなると、未亡人となったオーロールに誘われるまま、再び関係を持ってしまったのだ。

彼女といるのは居心地がよかった。お互い楽しむためだけの都合のいい存在だから。だからこれでいい。

エヴァラードは身を切る夜の冷たさから逃《のが》れて、明るく暖かいホールへと戻った。


真夜中過ぎ。

夜会を脱け出したエヴァラードは、情人の屋敷でひたすら酒を飲んでいた。

オーロールは機転を利《き》かせて先に家に戻っていたので、自分の不義《ふぎ》を疑う者はいないだろう。奔放《ほんぽう》な男爵未亡人は男たち皆に愛想がよかったから。

ハリイだけは不審な視線をよこしてきたが、彼が話しかけてくる前にエヴァラードはその場を去った。

「今夜はずいぶん飲むのね」

応えず、エヴァラードは杯《さかずき》を呷《あお》った。情人の家に来たというのに睦事《むつごと》への誘いに気づかぬふりをして、酒ばかり飲んでいる。

オーロールは疲れているという見え透いた嘘を見抜いていたが、自尊心の強い彼女は、なにも言わずに彼のしたいようにさせていた。

「馬鹿馬鹿しい！」

「エヴィー？」

甘ったるい声がさらに彼の苛立ちを煽《あお》る。

「なにもかも嘘っぱちだ！　じいさんが死ぬまでのな！」

「……それは奥様のこと？」

「他に誰がいるんだ？　つまらん事態になったもんだ。やってられるか！」

エヴァラードはさらにぐいっと杯を干《ほ》す。

自分が一体なにをしたいのか、酩酊《めいてい》した頭では考えられない。なにから逃げているのかも考えたくはなかった。ただひたすら奇妙な焦《あせ》りを感じて心が騒ぎ、傍《かたわ》らにいる女を抱く気になれない。

「まぁ、そのお話、もう少し聞かせてくださらない？」

女の声はまるではるか遠くから聞こえるように響《ひび》いた。回らぬ頭は正常な判断力を失っている。この胸に澱《よど》む苦い思いを誰かに吐き出せば、少しは楽になるのだろうか？

エヴァラードはそのままわずかの間、眠ってしまった。

オーロールが自分にしなだれかかって眠っている。彼女のガウンは乱れていたが、自分がなにかしたような痕跡はなかった。どうやら飲んでいるうちにお互い眠ってしまったらしい。

エヴァラードはその辺りにあったショールを女にかけると、急いで部屋を出た。

屋外の寒さは異常なほどだった。酒精《しゅせい》が一気に逃げていく。

夜空が曇《くも》っているために月は見えないが、おそらく今は深夜二時か三時くらいだろう。闇《やみ》に沈む街は街灯ですら凍りついていたが、少しも苦にならなかった。それどころか煮えた頭には冷気が心地がいい。エヴァラードは半《なか》ば無意識に家まで歩いた。追剥《おいは》ぎに遭遇しなかったのは幸運だ。普段であれば三人の男が相手でも怯《ひる》みはしないが、今のエヴァラードならばたやすく身ぐるみ剥がされていたことだろう。

夜明けの少し前は闇が一番深い。

やがて見える小さな家。それが優しく冷ややかな彼の家庭だ。

玄関にはほのかな灯が点《とも》っていたが、家の中は真っ暗だ。長い冬の夜が明けるには、まだたっぷり三時間はある。

外套《コート》を脱ぎ捨てて、エヴァラードはよろよろと階段を上がった。

自室もやはり暗かったが、ほんのりと温かみは残っていた。胸がむかつくが、ひと眠りした方がいい。エヴァラードはざっと手と顔を洗って、夜会服を脱ぎ捨てると寝台に潜りこんだ。

足の先になにかが当たる。冷めかけた湯たんぽだ。自分がどんなに蔑《ないがし》ろにされているのかわかっているだろうに、マリエはなおも完璧な気配りをしてくれる。

「……っ！」

なんとも言えない感情がこみ上げて、エヴァラードは罪もないそれを蹴り飛ばした。鈍《にぶ》い音が闇に広がる。その音を聞きつけてマリエがここに来てくれないだろうか？

なにを馬鹿な。

マリエがここに来るわけなどない。エヴァラードが先ほどまでどこでなにをしていたのか察せないほど、彼女は子どもではないだろう。実際の自分は惨《みじ》めな気持ちを味わっただけなのだが。

ハリイと楽しく過ごしていた彼女に酷《ひど》い言葉を投げつけた。けれど、マリエはそんなこと気にもせずに、今頃は安らかに眠っているに違いない。第一、来てくれたとして自分は一体なにをしようというのか。

エヴァラードは自分を嘲笑《あざわら》った。

そういえば、マリエはどこで眠っているのだろう?

今までそんなことさえ考えたことがないというのも、間抜けな話だ。

闇《やみ》の中で気配を探っても、なにもわからない。

明日の朝、マリエはいつものようにパンを焼き、美味い朝食を作るだろう。そしてそれを自分は一人で食べるのだ。

なにも変わらない、変わるはずがないんだ。

暗い天井を見上げながら、エヴァラードは繰り返し同じことを思っていた。

＊　＊　＊

ホールの扉が開く音がした。

マリエは寝台の中で耳を澄《す》ます。

お帰りになったのだわ。

小さな家だから、気配はすぐに伝わる。ましてや静かな冬の夜だ。エヴァラードが今どこにいるのか、マリエには手に取るようにわかった。

重い靴音が階段を上る。それは乱れていてひどく疲れているように感じられた。温かい飲み物でも持って行こうかという考えが頭をよぎったが、夫が今までどこでなにをしてきたかわからないほどマリエも初心《うぶ》ではない。そんなことをしても嫌味にしかならないだろう。思い直して、寝返りを打つ。

このままじっとしていよう。

そのとき、遠くで物が落ちる音が響《ひび》いた。なにか重い物が落ちた鈍《にぶ》い音だ。はっと身が竦《すく》む。

お部屋を暗くしておいたから、なにかにぶつかってしまったのかしら？　一つくらい灯りをつけておけばよかった。

怪我をされてないといいけれど。

そう思ってマリエは自分でおかしくなった。

我ながら馬鹿だ。

私の心配などあの方にとっては煩《わずら》わしいだけなのに。

だって、私は邪魔者なのだから。

「……」

自分で導き出した言葉に、マリエははっとした。

これはどうしたことかしら?

私はなにを考えているの?

当世風で美しい、夫の恋人。

「私たちはお互い気心の知れた古い友人なんですの」

あの人がそう言ったとき、私はとてもうろたえてしまった。そして今も、こんなに身を縮こまらせている。

理由をちゃんと考えなくては。

マリエは暗がりの中で目を凝《こ》らす。夫の部屋の方からはもうなにも聞こえてこない。

オーロールは未亡人で喪中だと言っていたから、一時《いっとき》は人妻だったのだ。彼女の結婚生活がどのくらい続いたのかは知らないが、その間も夫と恋人同士だったのだろうか?

だったらそれはよくないことだ。

でも、今の自分たちはどうなのだろう?

考えても仕方のないことなのだけれど。

絵に描いたように二人はお似合いだった。

マリエには色を感じられないが、並んだ彼らは似たような灰色のトーンをしていた。

二人が愛し合っているということは、間違いなさそうだった。

だから旦那様は私を疎《うと》むのだ。どんなに努力をしても、私のことを役に立つ使用人以上には思えないのだろう。

使用人だから、勝手に自分の友人と笑い合っているのが不愉快なのだ。だから、あんなに怒ったのだ。

媚《こび》を売っているとまで言われて、思わず言い返してしまったが。

きっと旦那様はますます自分を疎《うと》んじることだろう。平気だと言い聞かせてきたけれど、同じ家に住む人に嫌われるのはやっぱり悲しい。

私は旦那様を嫌っているわけではない。彼はヴィリアン様が愛する孫息子なのだ。ヴィリアン様は私の祖父との約束もあるけれど、私たちが結ばれることで旦那様に変化を求めている。そして私はそれを受けた。ヴィリアン様の望みに応えたかった。

だから、旦那様に認めて欲しいと思ったのだ。

私は一生懸命彼の世話をして、いつしかそれを楽しんでいた。

少しは自分を認めてもらえたと思っていたから。

私は今――悲しい。

マリエは、闇《やみ》の中で目を見張った。

やっと腑《ふ》に落ちた。

そうか——

私は悲しんでいるのだ。

そうとしか考えられない。

お料理をして、家の中を整えて、そして今夜はモリーヌ様の手を借りて夜会に臨《のぞ》んだのに、あの方の眼中に私は少しも入っていないことを思い知らされた。努力したことは自己満足に過ぎないのだと思い知らされる。

エヴィー、と彼女は夫を呼んだ。飴玉を舌で転がすように甘く、優しく。

私みたいに、どんな風に呼びかければいいのか悩んだりしたことはないに違いない。

酷《ひど》く悲しい。

感情を揺らすのは嫌いなのに、どうしても心の震えを抑えられない。

マリエは拳《こぶし》を握った。

でもそれは今夜だけ。そう——悲しむのは今夜だけだ。

朝になって体を動かせば余計な思いを振り払うことができるのをマリエは知っている。

昔からそうやって自分を律《りっ》してきたから。

だから明日私は晴れやかに旦那様を送り出し、ヴィリアン様のお見舞いに行こう。あの方の姿を見て声を聞けば、私は大丈夫。

マリエは目を閉じて意識を研《と》ぎ澄《す》ませた。家は静まり返っている。夫はもう眠ったのだろうか。

私も眠ろう。もう眠ってしまおう。

ああ、ヴィリアン様、ヴィリアン様に会いたい。こんなことを話せるわけもないけれど。あの方の声を聴いて安心したい。

愛を求めなくとも、心が痛むこともあるのだとマリエは知った。

夜は小さな家を満たし、それぞれの想いを育《はぐく》んでゆく。

8　周囲の思惑、もしくは自分の居場所

お母さん
この間の便《たよ》りから間が空《あ》いてしまってごめんなさい。そちらはどうですか？　レスリーは勉強していますか？　ユーリは家の役に立っている？

もうすぐ春ですね。王都に吹く風ももうそんなに冷たくはありません。

私の方は特に変わりなく過ごしています。

そうそう、先日初めて夜会というものに出席しました。

エヴァラード様の会社の催《もよお》しがあったのです。大きなホールで行われたのですが、それは立派なものでした。

私の服はモリーヌ様が用意してくださり、髪もお化粧も手伝ってくださいました。鏡を見てびっくり、なんだか自分ではないみたいでした。

煌《きら》びやかな紳士淑女が集《つど》う様子には圧倒されましたが、エヴァラード様に励まされ、なんとかご挨拶だけはすることができました。

そこにはたくさんのご馳走《ちそう》が並べられていましたが、どなたもあまり食べようとはしなくて少しもったいなかったです。

でも私はこっそりお皿に取って、エヴァラード様のご同僚、ハリイ様と隅っこでいただいていました。お魚料理が特に美味しかったので、今度自分でも作ってみようと思います。

そうそう、夜会のお話でした。

いろんな人に会いました。

中にはとてもきれいなご婦人もいて、その方に挨拶されたときはドキドキしました。

エヴァラード様はたいそうな夜会ではないと言っていたのですが、私にはやはり少し荷が重く、エヴァラード様は気を遣って早めに帰してくださいました。

立派な車で送り迎えされて夜会に出るなんて、今まで考えられなかったことですが、私は大丈夫です。都会に毒されてもいないし、いい感じで生活しています。

市場《いちば》では顔馴染みのお店もできて、ときどきおまけをしてもらえます。

お母さんから教えてもらった通りに、家をきれいにし、お料理をしています。

エヴァラード様はあまりお話しする方ではないけれど、なんとかうまくやれています。

ヴィリアン様のご容態もそれほど変わりはありませんが、最近あまりお食べにならないので、今度栄養があって食べやすいクリーム入りのお菓子を作ってお持ちしようかと思っています。

それではまた、お便《たよ》りします。

もし急ぎのことがあるなら、お役所から電話をかけてください。家の電話に繋《つな》げてもらえると思います。お母さんもお元気で。皆にもよろしく伝えてください。

マリエ

ペンを置いて、マリエは便箋《びんせん》を折った。

こうして文字にすると、自分の乱れた心を整理できるような気がした。気持ちも態度もこの手紙に書いたようにすればいい。そうすれば心の平安を得られるだろう。

夜会から数日が経《た》っていた。

さぁ、外に出よう。

窓に目をやる。

日差しは昨日より明るかった。

「まぁ、マリエ！　来てくださってとても嬉しいわ！」

大きな包みを抱《かか》えたマリエを出迎えたモリーヌは、息子のフィンドルと争うようにマリエを歓迎し、客間に案内した。

モリーヌの家はリドレイ家から少し離れた、王都の中心部にあった。屋敷は大きいが、中のしつらいはごく親しみやすく、召使いたちも人がよさそうで、女主人の人柄が垣間《かいま》見《み》られるようだった。

「今お茶を用意させるわね。こら！　フィン、下りなさい！」

マリエに懐《なつ》いているフィンは彼女の膝《ひざ》によじ登ってご満悦だった。

「ごめんなさいね。冬場であまり外に連れ出してやれないものだから、すっかり退屈しちゃって」

「大丈夫です。ねぇ、フィン坊や？」

「おーう」

「で、この包みは……あら！　この前のドレス！」

「遅くなってすみません。汚れがないか確かめていたんです」

マリエは油紙を広げ、さらにその下の包みを開けた。若草色の柔らかな布の塊《かたまり》は夜会の折にマリエが借りたドレスだ。

「あら、アイロンまで……手間がかかったでしょう？　でも、これあなたに差し上げたつもりだったのよ。私はもう着られないし」

「こんな高価なものいただけません。それに、もう着る機会はないかもしれませんし……」

珍しくマリエは口ごもった。

「そんなことないわよ。夜会でなにかあったの？」

勘《かん》のいいモリーヌは、マリエの様子を見てなにかを感じたようだ。

「いえ、特には。でも、私はあんまり馴染めなくって……なんとかご挨拶だけはできたんですけど」

「まぁ、夜会なんてのは社交が苦手な人には退屈でしょうけど……エヴィーはなにか言っていて？」

「それも別に。私が居心地悪そうにしているのを見て、先に帰してくださいました」

マリエは、先ほど投函《とうかん》してきた母への手紙にしたためた言葉を繰り返した。

「ふぅん」

そのとき茶が運ばれてきたので、マリエはそれに気を取られたフィンが熱いポットに手を伸ばさぬように抱き上げる。

「エヴィーをあんまり悪く思わないでね。難しい人だと思うけれど」

「……どういうことですか？」

マリエは兄嫁を振り返る。モリーヌはマリエの目に優しい色合いを映して微笑んでいた。

子どもの相手をしている義弟の妻を見ながらモリーヌは言った。

「あの人はああ見えて、すごく不器用な人なのよ。私は初めからそう思っているの」

「……」

「エヴィー、エヴァラードはあの見かけだから、昔から女性にはかなり人気があったの。浮いた噂もたくさんあったようだけど、本気で好きになった相手にはあの人はとても無愛想……というより辛辣《しんらつ》なのよ」

「好きな相手？」

オーロール様のことだろうか？　マリエはモリーヌの言葉を待った。

「彼はそんなに簡単に人を好きにならない性質《たち》で、ヴィリアン様とはケンカばかりしているように見えるけど、本当は気が合うのよ。むしろ気が合いすぎて素直になれないというか……」

「それは……なんとなくわかります」

面と向かっては決して認めようとはしないが、二人は互いを非常に思いやっている。羨《うらや》ましいほどに。

「とてもよくわかります」

「ね？　そして私は、あなたもその一人だと思っているの」

「……そうですか？」

モリーヌの確信めいた口調に、そんなことはないと思いながらもマリエは聞き返した。

「そうよ。だって、あの人、あなたにはことさら憎まれ口を叩いているじゃない。一見刺々《とげとげ》しく聞こえるけど、彼って逆にどうでもいい人にはすごく優しく振る舞えるから、私これは……って思ったのよ」

「……」

「あら、疑っているわね。まぁ、おじい様に勧められた結婚だから、最初はことのほか反発をしていたのは事実だけど。でも……ね。私にはなんとなくわかるのよ」

「なんとなく、ですか？」

「えぇ！」

お菓子に手を伸ばそうとするフィンに、焼き菓子を砕《くだ》いてやりながらマリエは首を傾《かし》げた。モリーヌは自分たちの取り決めを知ってはいないだろう。だから、きっと慰《なぐさ》めようとしてくれているのだ。

「ええ。だって、前の夜会の支度《したく》のときだってずっとあなたを目で追っていたわ。自分では気がついていないでしょうけど」

「でもそれは、普段あまりぱっとしない私がきれいな服を着せてもらったからで」

「もう！　マリエったら、言ったでしょう？　あなたは充分きれいだって。だから、エヴィーはびっくりしてしまったのよ」

「でも」

オーロールのような美しい恋人がいるのだ。ちょっと着飾ったからといって、夫が自分などを見て驚くわけがない。だが、モリーヌは彼女のことは知らないだろうし、自分が夫に恋人がいることを認めているなんて夢にも思っていないだろう。

知ったら私、きっと軽蔑《けいべつ》されるわね。

マリエは思った。

「いいこと？　マリエ、気を悪くするようなことがあっても――できたらしばらく付き合ってあげて。もっと話し合ってもいいかもしれない。勝手な言い方かもしれないけれど、あなたとエヴィーはうまくやれると思うの。なによりヴィリアン様の御眼鏡に適《かな》ったんですからね」

「はい。ありがとうございます」

マリエは素直に感謝の言葉を述べた。モリーヌの言葉は常に好意に満ちていて優しい。

でも、すべて信じるわけにはいかなかった。

モリーヌの屋敷を出たマリエは、まだ陽が高いので周囲を少し歩いてみることにした。セナ川を隔《へだ》てたこの地区は、初めて来るところだったのだ。

この辺りは高級住宅街で美しい街並みが続いている。よく整備された通りをぶらぶら歩いていると、人の多い広い道に出た。どこに通じているのだろうとしばらく進んでいたら、エトアールの駅前広場に突き当たった。

駅に来たのはこの街に来て以来だ。さすがにすごい数の人が行き交っている。エトアールは大都市なのだ。

大陸横断鉄道はこの駅を中心に、東西に、そして南北にも延びる予定なのだ。そして、市民の足となる乗り合いバスもここを起点にしているから、広場は人や車で常に賑《にぎ》わっている。大きな商店や事務所も多い。

マリエは今度は、なるべく人通りの少ない道へと折れた。方向感覚は良い方なので迷うことはないと踏んで、知らない道を選んだのだ。

広い道で車は通っていたが、意外と人影は少ない。少し進むと四角い大きな建物がたくさん並んだ一角に差し掛かった。多分これらは一般住宅ではなく、企業や商会の社屋なのだろう。

こんなところ初めてだわ。

家の方角はこの道を進んで西の方だろう。そう見当をつけたマリエは引き返さずにそのまま歩き進むことにした。葉を落とした街路樹の歩道をしばらく行くと、一際《ひときわ》大きな建物の前に広場があり、その真ん中に大きな車両が置かれていた。見たことのない形だ。

すごい……これって汽車……ではないわね。

「マリエ！」

声に振り返るとハリイが手を振っている。彼は広場に通じる道の一つから出てきたようだ。

「あ……」

「どうしたんだい？　エヴァラードに用があったの？」

「え？　旦那様に？　なぜですか？」

わけがわからずに問い返すと、ハリイの方がびっくりしている。

「ええっ！　だって、社を訪ねてきたんだろう？」

「社？」

驚いたマリエは目の前の建物を振り返った。大きな石造りの門には車輪を模《も》した金属製のプレートが掲《かか》げられていて、そこにはたしかに夫の会社の名が刻まれていた。

「……わぁ」

「ひょっとして知らなかったの？」

「知りませんでした。近くまで来たんで、少し遠回りして帰ろうと思って散歩をしていたんです」

「遠回りって、ここから君の家まで女の足なら四十分ぐらいはかかるよ。よく歩けたねぇ」

ハリイは感心しているが、マリエにとってはなんでもないことだ。

まさか、旦那様が勤める会社がここにあるとは。

「……すごく大きいんですね」

「そりゃ、各国が出資して運営しているからね。社にも、いろんな国の人がいるよ。ちょっと待っていて。エヴァラードを呼んでくるから」

「いいえ！　いいんです」

マリエは門を潜《くぐ》ろうとするハリイを慌てて止めた。自分が会社に来てしまったなんて夫に知られたら、怒られるかもしれないと思ったのだ。

「本当に偶然通りかかっただけですから！」

「え？　でも」

「今すぐ帰りますので。旦那様には言わないでください。お仕事中にお邪魔をしてしまってすみません」

「あ！　待って」

早口で詫《わ》び、踵《きびす》を返そうとするマリエをハリイは慌てて引き止めた。

「君、さっきこいつを見ていたろ？　もう少し見ていかない？」

ハリイは広場の中央に置かれている列車を指す。

「これ見るの初めてだろう？　ちょっと俺に説明させてよ、頼むからさ」

「……でもお仕事中では？」

あまりに熱心なハリイの様子にマリエは思わず立ち止まった。

「うん、役所に図面を届けてきた帰りなんだけどね。少しなら大丈夫さ。これすごいだろ？　最新型の電気鉄道の運転車両なんだ。本物だよ」

「電気鉄道、ですか？」

「ああ。鉄道技術もどんどん進化しているからね。きっと東に延びる路線にはこの車両が使われると思う。すごく速いんだぜ。ここの台を上って、運転席を見てごらん」

ハリイに腕を引っぱられ、マリエは仕方なく階段を上る。

そこからは運転席を見られるようになっていた。様々な計器やボタンが並んでいる。

中央の大きなレバーは速度を調節するものだろうか？

「すごいだろう？　かっこいいだろう？」

「ええ、そうですね」

まるで子どものように自慢するハリイにマリエは思わず笑ってしまう。

「かっこいいです。どうやって運転するんでしょうね？」

「それはね、まずブレーキ弁を操作して中央のレバーを引く。そうするとゆっくり動き始める。どんどん速度が上がってきてノッチが上がったら、レバーを戻す。しばらくは惰性《だせい》で走る。推進力《すいしんりょく》は……いや失礼」

ハリイは顔を赤くして黙った。

「ご婦人にはあまり興味のないことだったね。自分が鉄道が好きなもんだからつい」

「いいえ、面白かったですわ。ハリイ様がどうしてこの仕事を選んだかよくわかります」

「いや面目ない」

ハリイはマリエが台を下りるのに手を貸しながら謝った。

「この電車が走るようになったら、私の故郷との距離も縮まりますか？」

「もちろん！　今よりずっと行き来がしやすくなるよ。マリエもすぐに故郷に帰れる。客席も今まで以上に快適になるよ」

「そうなればいいですね」

　この列車が東に走る頃まで、自分はここにいるのだろうかと考えながらマリエは言った。そんなことを考えるのは自分らしくないと思いながら。

「ぜひ乗ってみたいです」

「……あのさ。この間はごめん。俺のせいでエヴァラードに叱《しか》られたろ？」

　ハリイは言いにくそうに、夜会での出来事を持ち出す。今日そのことを聞くのはこれで二度目だ。マリエは少しげっそりしつつ首を竦《すく》めた。

「大したことありませんわ」

「でも悪かったよ。嫌な思いをさせてしまった。けど、却《かえ》って安心した」

「安心、ですか？」

　ハリイの意図がわかりかね、マリエは尋ねた。

「ああ。奴、エヴァラードが女に……君にあんな風になるのを初めて見たから」

「あんな風？」

「あいつさ、腹を立てていた風だったでしょう？　俺に嫉妬《しっと》してたんだよ。俺たちが隅っこで仲良く話しているもんだから」

「嫉妬？　まさか」

ありえない。マリエは首を振った。

「いや、きっとそう。だから俺は安心したんだ。それって君が大切だからだろう？　初めて家に呼ばれたときの奴は、君にかなり頂けない態度を取っていたから、気にしてたんだけど」

「……」

「それにほとんど毎日外食していたのに最近しなくなったろ？　それも今までのエヴァラードからは考えられないんだ。美味しい食事が待っているからだろうけど」

「普通だと思いますけど」

「誘われても飲みに行かないし」

「そうなんですか？」

「うん。だから口や態度は悪いけど、奴はかなり今、満足しているんだと思うよ」

「嬉しいです」

だが、それは環境に、であって、自分にではない。

それにしても、モリーヌ様といい、ハリイ様といい、どうして今日は皆同じことを言うのだろう。単なる偶然なのだろうか？　なんとなく気持ちが悪い。

「でも、どうして私にそんなことを？」

「え？　なんでだろう……なんだか君に伝えた方がいいと思ったんだ。余計なお世話だったら申し訳ないけれど」

「そういうわけでは。でも、同じような話を聞いたばかりだったので」

「へぇ、俺みたいに感じた人が君の周りにいたんだ」

「はい。だから、どうして私にそんなことを言うのかしらと思って。私はそんなに旦那様に不満を持っているように見えますか？」

「いや、逆だよ」

　マリエの問いにハリイはきっぱり答えた。

「え？」

「君は不満を持たなさ過ぎるんだ。少しくらい我儘《わがまま》言ったって、あいつは君を嫌いになったりしない。似たようなことを君に言った人も、きっとそう伝えたかったんだよ」

「……」

　でも、嫌いとかいう以前の問題なのです。旦那様にはすでにお好きな方がいらっしゃるので。

　マリエは言えない言葉を心の中で漏《も》らした。

「だから、マリエはもう少し自分を出したっていい。言いたいことがあれば言えばいいんだよ」

「……次に機会があったらそうします。じゃあ私、帰りますね」

「ああ。引き止めてごめん。帰り道はわかるかい？」

「ええわかります。色々ありがとうございました。ハリイ様、この列車、とても素敵です」

「だろう？　いつかエヴァラードと一緒に乗ればいいよ。そして、ぜひまた家に招《まね》いてほしいな。君の料理は忘れられない」

「はい。ではこれで」

冬の午後は少し光を落としている。薄暮《はくぼ》が近いのだ。マリエが頭を下げると、ハリイは手を振って見送った。

「さようなら」

「ああ、またね。マリエ」


帰り道。

今日は風のない穏やかな日だったが、陽が陰《かげ》るとやはり寒い。

マリエは今日モリーヌとハリイから言われたことを思い返しながら歩いた。

面識のない二人から、同じようなことを言われた。

夫は自分のことを考えている。だから話をするといい。

しかし、オーロールに会ってしまった今、とてもそんなことは信じられない。

今朝、なにもなかったことにして、今まで通りやっていくという手紙を故郷の母に出したばかりなのだ。

愛し合う恋人同士を前に、なんの話をしろというのか？

無理だわ。これまで通り、なるべく旦那様の目に触れないようにして、ヴィリアン様のお世話をする以外に私になにができるの？

あの夜、悲しみは封じたはずなのに。

最近の私はすっかりおかしくなってしまったようだ。こんなことで悩むなんて、ちっとも自分らしくない。

マリエは小さくため息をついた。

セナ川に架《か》かる橋を渡る。

少し先にリドレイの家がある。

マリエは足を止めてヴィリアンに会いに行こうかと考えた。だが、思い直してすぐにまた歩き始める。

時間も遅いし、また明日にしよう。それより、市場《いちば》に寄って今夜の食材を買って帰らなければ。

それが私の立ち位置なのだから。

頭の中で献立《こんだて》を考えながら、マリエは暮れ始めた冬の道をひたすらに歩いた。

9　春の気配、もしくは心はどこにあるのか

社屋の裏に車を止めたエヴァラードは、鍵を管理科に預けると、車庫の戸締まりを頼んで外に出た。

三泊四日の北部工区視察の帰りである。仕事で家を空《あ》けたのは、結婚して初めてのことだった。

大陸横断鉄道の南北線は、一年前にすべての土地の買収が終わり、北と南、そして中央のエトアールから工事が始まっていた。駅の建設地で最後まで揉めた北路線区も、ようやくすべての駅の建設場所が決まった。エヴァラードはエトアールから車で半日走ったところにあるキングブリック駅建設の総責任者に任命されたのだ。

その関係で、今日までエヴァラードは土地の測量などの監督官として、キングブリックの街まで出張していた。これからも幾度となく往復することになる。その最初の任務を終えただけだが、この仕事を滞《とどこお》りなくやり遂《と》げることができたら、エヴァラードの社での立場は今よりも上がるだろう。

エヴァラードは子どもの頃から考えることより、動くことの方が性《しょう》に合っていた。軍にいたときは山岳地帯で泥まみれになって、国境地帯に火種をまこうとする異民族のゲリラと戦い、塹壕《ざんごう》を掘り、基地を設営してきた。

そのときも、恐怖より勝っていたのは、不遜《ふそん》なほどの充足感だった。そして現在の仕事にも面白さを感じてきている。

要するに自分は、実力が発揮できる場を、そしてその結果がすぐに目に見え、感じられる成功体験を欲しているのだ。そのためならば忙しいのは苦にはならない。

肝心なのは生きている、行動しているという充足感なのだ。

だから自分は家庭を持ったり、一人の女を守ることには向かないと思っていた。

なのに――

なのにここ数週間は、どんなに遅くなっても自宅に帰る日々が続いている。

今日もそうだった。

本当ならば、最終列車でエトアールに着くはずだった。駅に近い社で仮眠をとって朝に帰宅すると、マリエにも伝えておいた。

だが、初めての現地視察は意外にも早く終わり、王都に戻ってきたのは夕暮れにはまだ時間のある午後のうちだった。理由は現地の地盤調査が遅れていたからで、そのためにできることが限られてしまったのだ。また近いうちに出向かなくてはならないだろうが、当面の現地での仕事は終わった。

吹く風はもう冷たくはない。

冬の終わりの穏やかな午後だった。

「さて、腹が空《す》いたが、さすがに連絡もせずに帰ってきたから飯の用意はないだろうな」

エヴァラードは社に寄って簡単な報告を済ませたあと、家路を辿《たど》りながら、適当なカフェで軽食をとることにした。


マリエとの仲は相変わらずで、あの夜会のあとも彼女の態度はなにも変わらない。家の中を美しく整えたり、美味い食事を作ってくれたりと、居心地良い環境を作ってはくれるが、相変わらず彼の視界にはほとんど入ってこないままである。変わったことといえば、以前より魚料理が増えたぐらいか。

エヴァラードはエヴァラードで、マリエにどういう風に接すればいいか、さっぱりわからなくなってしまっている。

以前のように、家事に対する努力だけ認めて、あとは距離を置くという、彼にとって都合の良かったはずの関係が揺らぎ始めているのだ。

結婚して三か月。表面的には以前と変わらないものの、エヴァラードの中で妻への認識が変化し始めている。

今この瞬間もそうだった。

昼間から街角のカフェに立ち寄り、窓際の席を陣取って平日の街を眺めている。以前の自分なら考えられないことだ。

目の前に王都を東西に分けるセナ川が流れている。

街路樹の梢《こずえ》も青味を帯《お》びてきたようだ。

冬が終わる。

向こうの川べりの遊歩道を散歩する人の数も増えたようだ。一番厳しい季節を越した人々の顔は穏やかである。もうひと月も経《た》たずに春の足音が聞こえてくるのだろう。

「平和……だな」

予定より早く帰ってきたのだから、家などに帰らずオーロールの屋敷にでも立ち寄れば、それなりに愉快な時間が過ごせるはずなのに、どういうわけか少しもそんな気にはならなかった。というより、夜会の日以来、あの奔放《ほんぽう》な情人に連絡すらしていない。伝言をいくつか貰ってはいるが、すべて打ち捨ててある。

いい加減あの女にも飽《あ》きが来たんだろう。そろそろ終わりが見えてきたか。

注文したサンドイッチを見ながら、非道なことを考えていたが、それだけでは落ち着かず、納得できない気持ちを発散させるために乱暴にパンに噛みついた。

「まず……」

エヴァラードは噛みついた卵のサンドイッチの断面を見つめた。

マリエのサンドイッチに比べると、生地がパサパサしていて、香りも悪い。挟《はさ》まれた卵は固すぎてなんの下味もついてないうえ、野菜に掛けられたソースは安っぽい匂いがして、腹が減っているときでなければとても食えたものではない。そういえば、出張先のホテルでも同じように思いながら、濃すぎる煮込み料理や、単純な味のスープを食べていたのだった。

これは胃袋を支配されたか。

エヴァラードは食べ終えた皿を押しやって笑った。

皿数は多くないが、マリエの料理は非常に彼の口に合う。だから帰る気になるのだろう。

諦めてエヴァラードは歯に絡む切片を茶で流しこんだ。

――と、窓の向こうに意識が集まる。エヴァラードは目を細めた。

あれは……

エヴァラードは音を立てて椅子から立ち上がる。

通りの向こうからやってくる杖《つえ》をついた大きな老人と、その横に付き添っている灰色の娘。

それは紛《まぎ》れもなく彼の妻だった。

「マリ……」

エヴァラードの見ている前で、二人は向かいの遊歩道のベンチに座った。というか、マリエが空《あ》いているベンチを見つけてヴィリアンを座らせ、ヴィリアンが一緒に、という仕草を見せたのだ。

道ひとつ隔《へだ》てた場所から見ているエヴァラードにもそのやりとりはよくわかった。普通に見れば、祖父の散歩に連れ添っている孫娘という感じである。

しかし、エヴァラードにはそれだけとは思えなかった。茶を飲み残して席を立つ。

仕事が忙しくなったエヴァラードだが、マリエが三日と空《あ》けず、リドレイの家に通っていることは知っていた。マリエがヴィリアンの看病を昼間の数時間、手伝いたいと言ってきたからだ。それを聞いて、エヴァラードは表向きはどうでもよさ気に承諾した。

退屈を持て余している母や姉が、ちょうどいい暇《ひま》つぶしにマリエに嫌味を言い倒すことはわかっていたが、好きにすればよいと、そのときは大して深くは考えなかったのだ。

だが、目の前の二人の様子はどうだ。

普段家族の前では決して緩まない祖父の目元は綻《ほころ》び、しきりになにかを語っているようだ。こちらに背を向けているマリエの顔は見えないが、肩が小刻みに揺れているのは笑っているからだろう。二人は一体なにを語り合っているのだろうか？

エヴァラードは、慌ただしく店を出た。視線は二人に据えたまま、車をやり過ごして大股で通りを渡る。不意にヴィリアンが腕を伸ばし、マリエの編まれた髪にくっついた枯れ葉を取ろうとした。指先が項《うなじ》に触れる。視線が合わさったのだろう。ヴィリアンの顔に微笑が浮かぶ。

枯れ葉を放《ほう》ったヴィリアンはそのままマリエの頬に優しく触れ、マリエは顔を傾《かたむ》けてその指に唇を寄せた。貝殻のような彼女の耳が真っ赤に染まっているのが、離れた場所にいてもわかる。

歩道に足をかけたところでエヴァラードは停止した。

大きな楡《にれ》の木の向こう、歩けばほんの数歩のところで二人は見つめ合っている。囁《ささや》き合えるほどの距離。なにを語りあっているのかまではわからない。

数分後、マリエは立ち上がり、緩んだヴィリアンの首巻をしっかり巻き直してやった。そうして二人は来たときと同じように睦《むつ》まじく寄り添いながら、リドレイの家の方へ歩いてゆく。

エヴァラードはどうすることもできずに、歩いていく二人の背中を眺めていた。

＊＊＊

夕刻、マリエが家に戻ると、妙な違和感がした。足が止まる。

締めたはずの玄関の鍵が開いている。

驚いて急いで中に入ると、居間から人の気配がした。夫だ。

「え？　……まさか」

エヴァラードはソファに座って、うたた寝をしていたようだった。

普段姿勢のよい彼が、だらしなく椅子の背にもたれている。照明も暖房もつけられていない部屋は薄暗く、夕方の冷気が忍びこんで寒々《さむざむ》としていた。

「旦那様、お戻りだったのですか？　留守にしていて申し訳ありません」

マリエは慌てて灯りをつけながら謝ったが、エヴァラードは動かない。低い卓の上に、ほとんど空《から》になった酒の瓶とグラスが乱雑に置かれているのが見えた。

なにもないときにエヴァラードは家で酒は飲まない。

よほど仕事で疲れたのだろうか？　このままでは風邪をひくと思い、マリエが自分のショールを掛けようと手を伸ばしたその時——

「あ！」

強い力で手首を掴《つか》まれる。一瞬の出来事だった。なにが起きたか頭がついて行かない。ぐいと引き寄せられて体が傾《かし》ぐ。夫の上に倒れかかりそうになるのを、もう一方の手でソファの背を掴むことでなんとか堪《こら》えた。胸の鼓動が速い。

「えらい驚きようだな。亭主が急に帰ってくるとまずいことでもあるのか？」

下から冷ややかな目が見上げていた。

「……ありません」

マリエはなんでもない風を装ったが、動悸は鎮《しず》まらなかった。

「なら、なにをそんなに驚く？」

「急に腕を掴まれたものですから」

「ああ……悪かったな」

そう言いつつも腕は掴まれたままだ。真上から夫を見下ろすのは初めてだ。なにか意図があるのだろうと、マリエは逆らわないことにした。

「予定よりお早いお戻りでした」

「ああ、日程が繰り上がったもので。君には迷惑だっただろうな、もう少しゆっくりしたかっただろうに」

　皮肉な言葉と視線。

「そんなことは。ですが、なにかあったのですか？　お酒をこんなに召し上がって……」

「別になにも。ただ、急に飲みたくなっただけだ」

「……」

　家にはこんなに酒の買い置きはないから、エヴァラードがわざわざ買ってきたものなのだろう。マリエが黙っていると夫が低く尋ねてきた。

「……どこに行っていた？」

「リドレイのお屋敷です……いつものようにヴィリアン様のお見舞いに」

「じいさんの様子は？」

　マリエを無視してエヴァラードは気だるそうに尋ねた。

「あ、はい。お元気そうでした。今日はお天気がよくて暖かい日でしたので、外出を望まれて。それで看護師様に少しならと、許可をいただいて、半時だけ川沿いを散歩いたしました」

「ふぅん」

　――さすがに嘘は言わないか。だが、真実も告げていない。

エヴァラードは酒気の濃い溜息をつきながら、億劫《おっくう》そうに乱れた前髪をかき上げる。

こんなに自堕落な様子の夫を見るのは初めてだ。マリエはだんだん心配になってきた。

「大丈夫ですか？　お疲れなのでは……ベッドのご用意をしましょうか？」

「ベッド？　それもいいな。君も一緒に寝るかい？」

「え!?」

「は……冗談だ。君が俺と一緒に寝るわけがないだろ？　そんなに驚くなよ」

「そういうわけでは……でも、できたら腕を」

掴《つか》まれたままの手首がそろそろ痛くなってきたのだ。

「俺に触れられるのがそんなに嫌か？」

「いえ、ただ……きまりが悪いですから」

「はは、きまりが悪いか。うまいことを言う。ならこれならどうだい？」

そう言うと、エヴァラードはマリエの手を引き、体を支えていた腕を外して乱暴に自分の隣に座らせた。さらに逃がさぬように彼女の腰に腕を回す。

「だ、旦那様？」

「ははは。君がうろたえる様《さま》を見るのは愉快だな」

「酔っておられますね？」

マリエは体に回された腕をなるべく意識せずに言った。

「そうかもな。君も飲むかい？」

「……では少しだけ」

差し出された小ぶりのグラスを受け取ると、琥珀《こはく》色の液体が半分ほど注《そそ》がれる。マリエは一口飲み、一気に呷《あお》った。

「なかなかいい飲みっぷりじゃないか、うちの奥さんは」

「ありがとうございます。なにか召し上がられますか？　簡単なものならすぐできますが」

マリエは立ち上がろうとしたが、エヴァラードは逃がしてはくれなかった。

「いらん……それで……じいさんはなにか言っていたか？」

「いいえ、世間話をしただけで特には……」

「へぇえ、世間話ね。きっとそうなんだろうな、君らは仲良しだから」

たっぷり嫌味を効かせてエヴァラードは相槌《あいづち》を打ち、長い脚を組み替える。

「あの……」

顔を上げると、夫の顔がすぐ傍《そば》にあった。冷たい目でマリエを見据えている。

「だ……んな様？」

マリエの揺らいだ視線を見て、エヴァラードの薄い唇が歪《ゆが》んだ。

「じいさんがそんなに好きか？」

「え？」

腰に回っていた腕に力がこもる。考える間もなく、体が後ろに倒れた。そして夫が覆《おお》い被さってくる。強い酒の香り。

「たまには自分の夫を見たらどうだ？」

あまりの顔の近さに喋《しゃべ》るごとに唇が軽く擦《こす》れ合う。

「……旦那様？」

「そうだ、君の夫はこの俺だ」

刹那《せつな》、熱い唇が押しつけられた。熱くて弾力のある塊《かたまり》が。

マリエが驚いていている間に、なにかが口を割《わ》って侵入してきた。

「んんっ」

逃《のが》れようとしても、強く顎《あご》を掴《つか》まれて逃れられない。腰に回す手に力がこめられ、口づけは執拗《しつよう》に続いた。

「は……」

ようやく解放されたとき、マリエの息はすっかり上がっていた。夫の酷《ひど》く熱を孕《はら》んだ

目が真上にある。少し伸びた前髪が額《ひたい》にかかっている。

どうしてこんな状況になっているのか、マリエはさっぱりわからなかった。

＊　＊　＊

エヴァラードは瞬《まばた》きもせずに妻を見ていた。

久しぶりに、いや初めてちゃんと見た妻の顔。

紅《べに》をさしていない唇。少し肉厚でいかにも口づけしやすそうなそれは、よく覚えていた。あの不愉快な結婚式の最中でも、そこだけはやけに目についたから。

赤みがかった花弁の中から白い歯が覗いた。化粧っ気のない肌は、王都の貴婦人のように生白くはないが、きめ細やかく瑞々《みずみず》しい張りがある。

だが、頬の厚みは少ない。最初の頃より少し痩《や》せたような気がする。いや、確実に痩せた。そのせいか、目が大きく見える。

光の加減によって灰色にも銀色にも見える、不思議な瞳。目が離せない。

それを縁《ふち》どる睫毛《まつげ》も真っ黒ではなく、髪と同じ灰色だ。結婚式や夜会のときでもこんなに近くで見つめたことはない。今それは驚きで見開かれ、少し潤《うる》みさえして自分を見上げている。あたりまえだ、急に乱暴されたのだから。

理不尽なのはとうとう言葉だけではなくなった。マリエは今度こそ自分を軽蔑《けいべつ》するだろう。

心は酷《ひど》く隔《へだ》たっているというのに、今、二人の距離はこんなにも近い。互いの温度を感じ取れるほどに。

「あの……」

マリエのいつもの落ち着いた声音が少し震えている。いい気味だ。

エヴァラードはゆっくりと体を起こした。マリエから目を逸《そ》らさぬまま。

自分がしたことは許されぬことだ。白い結婚だと宣言したのは自分。煩《わずら》わすなと言ったのも自分。そして真面目に家を守るマリエに甘えて無理ばかりを強《し》いてきた。今この瞬間でさえも。

わかっている、わかっているんだ。

なのに、自分でも信じられない。

どうしたらこの唇をもう一度奪えるのだろう、さっきから必死でその口実を探している。

いっそ無理やり……

「マリ……」

「すみません」

エヴァラードに強く腕を掴《つか》まれつつも、マリエははっきりと言った。その声はすでに震えてはいない。

「私、なにかお気に障《さわ》ることをしたんでしょうか？　でしたら申し訳ありません」

エヴァラードの瞳が大きくなる。酒の力を借りて昂《たか》ぶった汚い欲に冷水を浴びせられた気分だ。

崩れ去る、張りぼての自分。

「俺は……」

結局こうだ。この娘のまっすぐさにいつも打ちのめされる。

無残なほどの愚《おろ》かしさよ。

「すまん」

彼女の乱れた前髪を直してやる。

「俺は……酔っていた。君は悪くないし、なにもしていない。すまない……怖かったか？」

「ええ少し」

マリエは正直に言った。

かる。

「ふ……言葉を選ばないのが君の良いところだな」

エヴァラードは体を離しながら呟《つぶや》く。マリエがゆっくり立ち上がった。温もりが遠ざかる。

腕が、胸の中が寒い。

「……本当に悪かったよ」

「どうされたのです？」

マリエは戸惑いながらも、常になく悄然《しょうぜん》としたエヴァラードを心配そうに覗きこんだ。その眼差しに偽《いつわ》りや諂《へつら》いはない。真実、自分を気遣っているのだろう。

俺は大馬鹿だ。

エヴァラードは自分を嘲笑《あざわら》う。

「いや……本当にどうかしてたんだ。あんまり君が俺を見ようとしないものだから、つい意地になった」

「ですがそれは」

「ああ、そうだよ。俺が初めに煩《わずら》わされたくないと言ったんだ。その言葉通り、君はいつも控《ひか》えめに振る舞ってくれている。最初はそれで良かった。だが、最近それがしんどくなってきたんだ……」

マリエから目をさずにエヴァラードは言った。妻はすっかり面喰らっているようだ。こんな顔を見るのも初めてだ、と心の奥で思う。

「今さらなにを、と思うだろう？　自分でも不条理なことを言っているとわかっている。以前の俺は君のことをなにも知らないまま、押しつけられた結婚に反発して君を蔑《さげす》んだ。情けない男だ」

「……」

「君は俺がどんなに酷《ひど》い男か知っている。なのに君は俺を責めたり、態度を変えたりはしない。揺るがない自分を持っている尊敬すべき女性だ。女に対してこんな風に感じたのは初めてで……乱暴をして申し訳なかった。二度としないよ……ただ俺はもう少し君を……知りたいと思うようになった」

「……私を？」

妻の声がやや掠《かす》れているように聞こえるのは気のせいだろうか？

「そうだ。今まで知らなさ過ぎた分を取り返したい。君が嫌でなければ、だが」

エヴァラードはうなだれて言った。拒否されても当然なのだ。だが、マリエの答えは否でも応でもなかった。

「……嫌では。でも、私なんか見かけの通り、つまらない人間だと思います。家事ぐらいしかできないし」

「じいさんはそうは思っていない」

「ヴィリアン様？」

なんで急にヴィリアンの名が出てくるのかという風に、マリエが首を傾《かし》げる。

「祖父にとっては、君は特別なようだ……おそらく単なる親友の孫娘以上の存在なんだろう」

「……なぜそう思われます」

「あの人は自分の子どもや孫に優しくはなかった人だからな。身内にはいつも恐れられていた。祖母などは俺が生まれてすぐに出て行ったきり、戻ってこない。たまに社交の席で顔を合わせるくらいだ」

「え……？」

マリエの声が固くなった。

「祖母……ヴィリアン様の奥様？」

「……なにをびっくりしている？　ひょっとして、じいさんはばあさんの話をしなかったのか」

エヴァラードは驚くマリエを見つめて問うた。

「されませんでした。私も聞かなかったし……そうですか……奥方様が……お元気でいらっしゃるのですか」

「元気かどうかは知らんが、今じゃ外国に居《きょ》を構えている。俺が子どもの頃は割合に顔を見に来てくれたが、成人して以降はあんまり来ないな。結婚式にも来なかったろう。ばあさんは、じいさんにほとほと愛想を尽かしているんだよ。最初から愛のない夫婦だったらしいから」

それは俺たちも同じだ。

エヴァラードは唇をぎゅっと噛みしめた。

「そうでしたか……」

心持ち顔を伏せてマリエは呟《つぶや》く。

「……俺は見たんだよ」

エヴァラードは唐突に言った。

「なにを見られました？」

「祖父と君が川の畔《ほとり》を歩いているところを」

「ああ……散歩に出たときですね。見かけられたのなら、声をかけてくださったらよかったのに」

かけられなかった、とは言えなかった。二人が自分よりよほど夫婦のように見えたからだ、などと。

「かけ……」

「いや、早く家で休みたかったんだ」

情けない虚栄心《きょえいしん》だ。胸が苦しい。

なのに妻はいつも通りに優しく尋ねる。

「お疲れなんですね。だから、そんなにお酒を……お夕食は……いえ、夕食はいらないのでしたね。ではお風呂を」

「……いや、実は腹が空《す》いてきた。久しぶりに君の料理を堪能《たんのう》したい。我儘《わがまま》で申し訳ないが、準備できるか？」

「できます。お肉を焼くくらいでしたら、それほど時間はかかりません。すぐに」

マリエはそう言うと、身を翻《ひるがえ》して台所に飛びこんだ。

＊＊＊

驚いた……

努《つと》めて平静を保ったが、今もまだ心臓が驚きと戸惑いで高鳴っている。あんなに近くで夫の顔を見たのは初めてだった。淡い目に感情を滾《たぎ》らせて自分を見つめていた。

私、口づけをされたんだわ……

マリエは思わず自分の唇に触れた。その指先が細かく震えている。

ここを割《わ》って熱い塊《かたまり》が入ってきたのだ。腕を絡められ、胸を押しつけられた。初めて身近に触れた夫の体はどこも熱く、そして硬かった。自分とは違う猛々《たけだけ》しい筋肉。彼は男なのだ。

けれど、初めは乱暴で押さえつけるようだったそれは、次第にマリエを求めて甘くせがむように変化した。指先で首を優しく撫《な》でられた部分が、今も熱をもっている。

ああ、どうして……

マリエはついに顔を覆《おお》ってしまった。そして知った。

熱いのはエヴァラードの体だけではない、自分の頬もこんなに熱かったのだ。

――ヴィリアン・リドレイという人は、普段腹が立つほど冷静なのに、どうかすると激しく感情をむき出しにすることがあったんだ。男前が怒ると怖いんだよ。

それは祖父から聞いた言葉だったか。

なぜかその記憶が蘇《よみがえ》った。ヴィリアンに関する言葉ならなんでも覚えている。

そう。

マリエは繰り返し捲《めく》った古いアルバムの中の青年に、ずっと恋をしていた。

ヴィリアンからエヴァラードの写真を見せられたとき、昔のヴィリアンそのままの姿にそれは驚いた。それが理由で結婚したわけではないが、全く関係ないとも言い切れない。

そうして、彼は自分の夫となった。

夫となった人は美しくて冷たい男だった。暖かい色は体のどこにも感じられなくて。

けれどそんなことは大したことではなかったのだ。マリエはヴィリアンの望みを叶えて、少しでも彼の傍《そば》にいられたら良かったのだから。

ただ、一緒に住むのだから、できれば仲良くなれたらと思って、この数か月一緒に過ごしてきたのだ。

それだけだったはずなのに。

突然抱きこまれて、口づけをされて。でも――

私、嫌ではなかった……？

酷《ひど》く驚いた。きまりが悪くて、まごついた。怖かった。けれど、その気持ちは嫌悪ではなかった。

マリエはエヴァラードに掴《つか》まれた手首を擦《さす》った。強い力で握られたために、今もうっすらと指の痕《あと》が残っている。

ともかく。

壁にかけられた小さな鏡で自分の姿を映すと、まだ頬が赤く髪も少し乱れている。乱暴に押さえつけられたのだから仕方がない。

マリエは大きく息をつく。

マリエは落ちた髪をねじって器用に髷《まげ》の中に押しこむと、タオルを濡らして頬に押し当てた。冷たさが体に浸みこんでいく。

落ち着かなければ。こういうときは体を動かした方がいい。

あの方はお腹が空《す》いていると言っていた。空腹のままお酒を飲んだのだから、一時的に気分が悪くなったのだろう。

お酒を飲むと、人は思いもよらない行動を取るものだ。故郷の祭りでもそうだった。若い娘をからかった男の人が周囲から叱《しか》られていた。その人はすぐに謝ってみんな笑った。私も笑った。だから別に大したことじゃない。

大丈夫よ、マリエ。少しびっくりしちゃっただけ、へいき。へいきよ。

マリエはそう自分に言い聞かせながら、てきぱきと料理を始めた。激しかった動悸は
ようやく治まりかけていた。

朝炊《た》いた米があったので、細かく刻んだ野菜と一緒に煮こんで、ミルクとスープを加えてリゾットにする。肉は叩いて柔らかくしてから、香草と共にフライパンに載せた。パンは焼きたてではないが、チーズを挟《はさ》んで少し温めれば食欲をそそるだろう。

夕食はあっという間に出来上がった。

食堂に運ぶと、いつもの席についていたエヴァラードが立ち上がり、ワゴンから料理を並べるのを手伝ってくれた。こんなことも初めてなので、マリエの鼓動は再び速く打ち始める。

「……では、ゆっくりお召し上がりください」

「君もここで食べるといい」

エヴァラードは六人掛けのテーブルを指さした。

「え？」

「君もまだ夕食を食べていないだろう？」

「そ、そうですが……」

「なら……一緒に」

「……」

「食べようか……今までこの家で一緒に食事をとったことはなかったろう？」

エヴァラードは早口で言った。

「……」

「嫌なら仕方がないが。さっきも馬鹿なことを仕出かして……むしろ嫌でない方が不思議かもしれん。俺は君に酷《ひど》いことばかりしてきたからな」

「いえ……そういうことではないのですが……はい、わかりました。今持ってきます」

しばらく躊躇《ためら》っていたマリエだが、決心したように立ち上がり、台所に引き返した。

しばらくすると、彼女は小さな盆に自分の食事を載せて食卓に置いた。

「……それだけか？」

マリエの前にはリゾットの鉢《はち》と、小さなパンがあるだけだ。

「ええ……はい。私はそれほどお腹が空《す》いていないので、これで充分です。頂きます」

それ以上の追及を逃《のが》れるように食べ始めたマリエをしばらく眺めてから、エヴァラードは言った。

「マリエ……違うだろ？」

「え？」

「元々ないんだろう？　君の分の肉や魚は」

＊　＊　＊

マリエの手が止まる。

「そうなんだな」

きちんと考えていれば、すぐにわかることなのだ。

生活費をそれほど多く渡していないのに、食卓にはいつも上質な肉や魚が上がった。マリエは朝早いし、自分は帰りが遅い。休日も勝手気ままに過ごすエヴァラードはマリエの食事を見たことがない。

食事を勝手にとっていいと言ったのは自分だ。当初は金目当ての疑念が払拭《ふっしょく》できなかったので、わざと少なく渡していた生活費。

結婚してすぐの頃は、エヴァラードは自宅で食事をとることが少なかったので、マリエの分は今より多くあったのかもしれないが、彼女の作る美味い料理に惹《ひ》かれ、いつしか家に帰ることが日常になっていた。当然家計は逼迫《ひっぱく》して、彼女の分はどんどん少なくなっていっただろう。

だが、馬鹿なことにエヴァラードはそのことに気がつかなかった。だからマリエは自分の分は最初から用意しないで、夫のためだけに肉や魚を用意していた。そして自分が食べるところは一切見せなかった。

以前同僚を家に招《まね》いたときも、贅沢《ぜいたく》な料理を客にふるまったあと彼女は一体どうしていたのか。

「いつもこんな風だったんだな」

美味い肉や魚を食っていたのは自分だけ。

「あ、あの……」

食べるのを中断し、黙りこくってしまったエヴァラードを前に、マリエは途方に暮れてしまった。

肉がなくてもマリエはちっとも構わないが、確かにこれでは食べにくいだろう。一体どうしたらいいのか。明日からはまた別々に食事をするだろうが、この状況をなんとかしてやり過ごさなくてはいけない。

「とにかくせっかくのお料理が冷めてしまいますから、どうぞ」

次の瞬間、夫の取った行動は驚くべきものだった。

エヴァラードは黙りこくったまま器用に肉を半分に切り分けると、マリエの皿に載せた。

「食べなさい」

「いえあの……私はお味見でちゃんと……」

「いいから食べなさい」

「……はい。イタダキマス」

強い口調で勧める夫にマリエは頷《うなず》き、二人はしばらく無言で食事をとった。

マリエはあまりの気まずさに、砂を噛んでいるような心もちで肉を呑みこんだ。顔を上げることもできずになんとか食べ終わる。

恐る恐る気配を探ると、夫ももう食べ終わったようだ。顔を見る勇気はない。さっさと片づけてしまおう、そう思ってマリエが椅子を引いたとき――

「すまん」

エヴァラードが低く漏《も》らした。

「え」

思わず顔を上げると、マリエの視線を避けるようにエヴァラードが立ち上がる。

「君をメイド呼ばわりして悪かったよ」

そう言うと、彼はなんと自分の皿を重ねて台所まで運び始めた。今までにない行動に唖然《あぜん》としていたマリエが慌ててあとを追うと、台所から出てきた夫と鉢合《はちあ》わせになった。

「あのっ!?」

「明日は休みだ。俺はもう休む。風呂はいいよ、君もゆっくりするといい。今までのことはすべて俺が悪かった」

エヴァラードは力なくそう言うと、二階へ上がって行った。


翌日、エヴァラードの目覚めは遅かった。

軍人上がりで、早起きの習慣が抜けない彼にしては珍しいことである。おまけに胸の辺りがまだ非常に重苦しい。

というのも、疲れていたのにも拘《かか》わらず、昨夜はなかなか寝つけなかったからだ。初めてのマリエとの口づけの感触を何度も反芻《はんすう》し、彼女の食事を思っては自己嫌悪に苛《さいな》まれた。

堂々巡りの虚《むな》しい思考は空転し、挙句の果てに再び酒に手を出した。普段は手をつけない棚の酒を呷《あお》って無理やり眠った結果、目覚めたときにはすでに日が高く昇っていたというわけだ。

時計を見ると十時を過ぎている。

今日は出張明けの公休日でなにも予定がないとはいえ、これではあんまりだろうと思い、気だるさを纏《まと》いつつ身を起こす。誰もいないことを確かめて廊下に出ると、浴室で熱いシャワーを浴びた。白く清潔な床や壁に午前の陽が飛びこんで反射し、浴室は目に痛いほど明るかった。

気分は晴れないが身なりを整えて下に降りると、廊下の奥に洗濯物の籠《かご》を持ったマリエを見つけた。

「……おはよう」

「あ、旦那様。おはようございます。すぐに朝食を」

そう言ってマリエは慌ただしく籠を置いた。

洗濯をしていたのか？

そういえば、昨日廊下に放《ほう》ったままにしていた旅行鞄がない。汚れ物などが詰まっていたはずだが、すべて洗濯してくれたのだろうか。エヴァラードはどういうわけか、急に気恥ずかしくなって食堂に逃げた。

どんな顔をすればいいのか。

昨夜は気まずい思いをさせた。

酔ったはずみで紳士にあるまじき乱暴をした挙句、無理やり共に食事をとらせてしまった。そしてそれは思いがけず二人の間の溝を明るみにしてしまったのだ。

マリエに悪気はなく、また、エヴァラードが望んだことでもないだけに、なおさらその事実は重く圧《の》し掛《か》かる。しかし、ある意味それは、気持ちさえあれば、乗り越えるのも容易な隔《へだ》たりなのだ。

どうせ仮初めの関係なのだし、自分が家で食事をとることもないだろうと、高《たか》をくっていた結婚生活。田舎《いなか》育ちの娘が都会の華やかな生活に味をしめても面白くない。金目当てならばがっかりさせてやろうと、適当に渡していた生活費。

それを増やせばいいだけの話なのだ。

実家の世話になりたくないと家を飛び出しただけあって、金銭欲は少しもないが、今までやりたい放題してきたエヴァラードは、生活に必要な費用の相場がよくわからない。

マリエにしみったれた男と思われたくはなかった。

とりあえず今の倍の金額を渡したら、マリエが自分の食事を減らすことはなくなるだろう。そうすると彼の手元にはわずかしか残らないが、今のところ特にやりたいこともないから構わない。

置いてあった新聞を広げても文字が頭に入ってこない。ぼんやりと眺めているうちに扉からマリエが入ってきた。両手に持った盆を置き、エヴァラードの前に料理を並べていく。

「……」

昨日、これからは食事を共にしようと言ったばかりなのに、朝寝坊してしまったせいでさっそく躓《つまず》いている。マリエはきっと呆《あき》れ果てているだろう。

エヴァラードは諦めて新聞を置いた。

「……」

食卓の上には温かいパンと、スープ。エッグスタンドの卵は上だけ殻《から》が剥《む》かれて、エヴァラードの好みの固さの黄身が覗いている。中央の皿にはたっぷりと燻製《くんせい》のハムを載せた温野菜の大皿。いつもと同じ素晴らしい朝食。

そしてマリエがそっと正面に腰を下ろす。

「いただきます」

顔を上げたエヴァラードに、マリエは少し照れたように頷《うなず》いた。

「……まだ食べていなかったのか？」

エヴァラードは前に置かれた、マリエの分の皿を見て言った。自分と同じ分が盛られている。

「こんなに寝坊したのに」

「いえ、実は朝食は頂いたのですけど、いろいろしていたらお腹が空《す》いたので、早めのお昼を、と思って……」

マリエは思い切って顔を上げた。

「昨日、旦那様がご自分の分を分けてくださって……一緒に食事を、と言われたので……もしお嫌でなければ」

マリエはふたたびテーブルに視線を落とした。

「もちろんだとも」

エヴァラードはすぐに応じた。

「これからも時間が合えばそうしたい」

「わかりました、旦那様」

マリエは顔を上げて微笑んだ。食堂の窓から射《さ》す光を拾って、その目はとても明るく輝いている。

「じゃあ食べようか」

エヴァラードはパンの籠《かご》に手を伸ばした。

「お茶淹《い》れますね」

不思議な時間が流れた。

二人とも口をきくわけでもなく、目を合わせるわけでもない。

ただ黙って、食事をとっている。

エヴァラードはマリエがパンをちぎり、バターを少し塗って口に入れる様《さま》を見ていた。

いつものように目を伏せて、黙って口の中のものを咀嚼《そしゃく》している。

実はマリエは視線のやり場に困っていた。

さすがのマリエも、昨日の展開には戸惑っていたのだ。

エヴァラードの真意をすべて理解したわけではない。

ただモリーヌやハリイの言葉を思い起こし、夫と向き合おうという気持ちになった。

やりくりは昔から慣れていたので、エヴァラードが思っているほど粗食《そしょく》に耐えてきたわけではないが、彼の感じたこともよくわかったからだ。向き合って食事をとることは、健全な人間関係を築《きず》くのに一役買ってくれるだろう。

なのに顔を上げられない。マリエは気の利《き》いたことを言えない自分を恥じた。

「……うまいな」

不意にエヴァラードがポツリと漏《も》らした。

「あ……ありがとうございます」

「このバターも手作りなのか？」

「はい。牛乳屋さんでいいクリームを分けてもらえるんです。買うより安くてたくさん作れるし」

「君はなんでも作るんだな」

「家の中のものだけですけど。お茶、足しましょうか？」

「頼む」

エヴァラードが食べ終わった食器を下げるために台所に行くと、やっぱりマリエは驚いていた。

「そのままで構いませんのに」

「いや……今日は休みだから」

適当に言い訳をして二階に上がったのは、金を取りに行くためだ。財布にいくら残っているか数えてはいないが、とりあえずあるだけ渡そう。

しかし、なんと言って渡せばいいものか。

そういえば、今まで女たちにどんな物を贈って、なんと言って渡していただろうか？

深く考えたりせず、店の店員に選ばせた花や装飾品ばかりだったような気がする。オーロールには強請《ねだ》られて、一度首飾りを買ったことがあるが、そもそも彼女は亡夫の残した遺産があって裕福なので、物を贈ったのはそれ一度きりだ。その時なんと言って渡したかも思い出せない。

ぼんやりと机の上に放《ほう》り出した財布を眺めていると、表の方で物音がした。見ると、門扉《もんぴ》に人影がある。マリエだ。二階の彼の部屋からは庭と門がよく見えるのだ。エヴァラードは久々に窓を開けた。冬が終わるとはいえ、空気はまだ冷たい。だが、その冷やかさが頭の中をすっきりさせてくれる。窓辺に肘《ひじ》をついて庭を眺めた。この家で暮らし始めてから初めてのことだ。

こうして見ると庭は小さいなりに、きちんと世話をされ、冬だというのに常盤木《ときわぎ》が青々と茂《しげ》っている。彼の妻は庭仕事にも抜かりがないようだ。

マリエはなにやら重そうな木箱を物置から取り出していた。見ていると、箱をかきまわして金づちを取り出した。どうやら釘を打とうとしているらしい。

背後の花壇の柵が一部折れている。

あれを直そうとしているのか。

どこから見つけてきたのか、短い板まで準備してある。もしかしたらそれも自分で切ったのかもしれない。あの娘ならそのくらいはやりそうだ。普通なら男の仕事のはずなのに、自分に頼んでみるなどということは思い至らないのだろう。

昨夜のマリエを思い出す。

掴《つか》んだ手首は思いのほか細く、簡単に引き寄せることができた。

食事を共にしようと言って揺れた大きな灰色の瞳。そして食事が足りないことが見つかって、悪いことをしたわけでもないのに、叱《しか》られてしょげた子どもみたいな表情をしていた。彼女は食べる間中、俯《うつむ》いていた。

今までものすごく気を遣われていたのだ。

それがマリエの、三か月を共に過ごした「夫」である自分への評価なのだ。たった一度、朝食を共にしたくらいで払拭《ふっしょく》されるものではないだろう。

「くそ」

こんな馬鹿な話があるか！

エヴァラードは財布をひっつかみ、上着を取ると、慌ただしく階段を下りた。

「マリエ！」

庭にいるマリエがはっと顔を上げる。まさに釘を打とうとしていたところだった。

「はい！」

二人の視線がぶつかる。

「外に出るぞ。支度《したく》を」

「え？」

マリエになにかを言わせる暇《ひま》も与えず、エヴァラードはホールに掛けてあった外套《コート》を彼女に着せた。

「あああの、あの？　私、今から」

「柵を直すんだろ？　そんなの帰ってから俺がやってやる。これでも建築士なんだからな。ともかく昼のうちに外に出よう。早く外套《コート》に腕を」

通せ、と無言で服を揺らすと、エヴァラードの雰囲気に気圧《けお》されたのか、大人しくマリエは外套《コート》に袖を通した。わけがわからないといった様子で小首を傾《かし》げている。

当たり前だ。外出用の着替えさえしていないのだ。まだ冬なので、外套《コート》を脱ぎさえしなければ、中は家用の服でも構わないのだが、よくよく考えてみればどこに連れて行ったらいいのかわからない。

「あの、どちらに……？」

「とりあえず君がいつも出かける買い物コースに行こう。さぁ手袋と、帽子……はこれか」

エヴァラードはマリエに手袋を手渡し、使いこまれた帽子を頭に乗せてやった。

「さぁ、行くぞ」

「待ってください、今お財布を……」

「必要ない」

　エヴァラードは戸口へとマリエを押し出して、鍵をかけた。

「だけど旦那様」

「いつも一人で買い物に出るのだろう？　今日は荷物持ちがいるのだから、どんどん買うがいい」

「でも、お財布……」

「金なら俺が持ってる。一番初めにどこへ行けばいい？」

　市場《いちば》のある通りへマリエを引っ張っていきながら、エヴァラードは性急に尋ねた。知っている場所へ行くのだとわかって、マリエがほっとした様子を見せる。

「あ……ではお肉屋さんに」

　肉屋では赤ら顔の主人が満面の笑みで出迎えた。

「毎度！」

「こんにちは」

「へぇえ、こちらがマリエちゃんの旦那さんかい？　立派な方じゃないか。よぉし、今日はとっておきを出してやるよ。おい、お前裏へ行って今朝入ったロース肉を持ってきてやりな」

「あいよ！　旦那さんいい男だねぇ。一緒に買い物しているところは初めて見るよ」

そう言っていったん奥に消えたおかみさんは、白い包みを持ってすぐに戻ってきた。

「はい！　いつもご贔屓《ひいき》にしてもらってるお礼だ、おまけしといたよ！　今夜はご馳走《ちそう》を作ってやりな」

「ありがとうございます」

「次は？」

マリエから買い物袋を無理やり奪いながら、エヴァラードは先を促《うなが》す。マリエは恥ずかしくて帰りたくなったが、エヴァラードには全くそんな気はないようだ。

「次は？」

「……では魚屋さんに……注文だけですけど」

マリエはしぶしぶ言った。

そこは最近通い始めた魚屋で、エヴァラードは若い店主にあからさまに睨《にら》まれた。彼はマリエをどこかのお屋敷のメイドと思いこみ、いつか食事に誘いたいと思っていたのだ。

「旦那だってぇ？　ほんとか？　マリエ」

「……はい」

消え入りそうな声でマリエは答えたが、エヴァラードは商店主風情《ふぜい》に自分の妻を呼び捨てにされたことが気に入らない。しかし、エヴァラードが一歩踏み出したところでマリエが遮《さえぎ》った。

「行きましょう。旦那様」

「あ、ああ」

「マリエ、そこの旦那が嫌んなったらいつでも来な」

「わぁ～！　ク、クレマンさん！　そんなこと……あの、大丈夫ですから」

「本当か？」

「ええ。お魚、明日の昼ごろお願いしますね」

「ああ、任しときな。氷もいっしょに持って行ってやるから」

「ありがとう。お願いしますね」

「……いつもこんななのか？」

エヴァラードは、まだこちらを睨んでいる魚屋を振り返りながら尋ねた。

「こんな、とは？」

「この街に来たばかりの君に親しく話す人間がこんなにいるとは思わかった」

「そりゃいつもお買い物しているから……あの、荷物重いでしょう？　私が」

「馬鹿言え」

エヴァラードが抱《かか》える買い物袋には肉の塊《かたまり》をはじめ、野菜や乾物などが満載である。

道すがら呼び止められるたびに少しずつ買い足していったので、袋は膨《ふく》れ上がっている。

「君はいつもこんな荷物を抱えて歩いているのか？」

「いつもはもうちょっと少ないですけど……」

エヴァラードはいつも酒を届けてくれる御用聞きのユランの姿を見つけた。

「それにしても袋が破けそうだ。あそこにユランがいる。荷物を預けてあとで届けてもらおう」

荷物を預けて身軽になったエヴァラードは、通りの角にあったカフェにマリエを誘った。昨日軽食をとったカフェとは別のところである。

「少し休憩しようか」

「はい」

「席は……ああ、窓際が開いている」

「カフェは初めてです」

席に着くと、マリエは珍しそうに絵入りのメニューを取って眺めた。

「君の料理には及ばないが、好きなものを頼んでみなさい」

「……では、シナモンミルクとメイプルビスケットを」

エヴァラードも茶を頼むと、マリエの手からメニューを取り上げた。

「昨日も言ったが、俺の態度はずっとよくなかった。これからは改めたいと思う」

「……いいえ、旦那様は最初に私に色々申し入れをしてくださいました。それに対して納得し、受け入れたのは私ですから、旦那様は悪くありません」

そう、すべてはヴィリアンのために、降ってわいた運命を受け入れた。だが、それはなにもマリエだけではない。エヴァラードにとっても不本意な成り行きだったのだ。

けれど、命の刻限の迫《せま》った祖父の意志に従ってマリエと結婚した彼は、見方を変えれば優しい男とも言える。

「……なので大丈夫です」

マリエの態度はすっかり元に戻り、昨日エヴァラードの腕の中で見せた弱さは微塵《みじん》も感じない。今まで都合が良いと思っていたその強さが、今では苦しい。

「けど、食事に差をつけるのはやっぱりよくない。今さら言うのも変なんだが、これからは自分の分も俺と同じ皿数を用意しなさい。そうできるように計《はか》らうから」

「……はい。お気を遣わせてしまいました」

「違う。気を遣い過ぎていたのは君の方だろう？　俺と結婚して痩《や》せたじゃないか」

「そうでしょうか？」

マリエはなんでもなさそうに自分の体を見下ろした。

「さ、ともかく荷物もなくなったことだし。これから君の服でも……」

「まぁ、エヴィー！　こんなところで！」

喧騒《けんそう》に紛《まぎ》れることのない華やかな声。

視界に飛びこんできたのはオーロールである。おまけにエヴァラードの姉のネリアが後ろに立っていた。

「久しぶりね、エヴィー！　お仕事で北の国へ出かけていたって聞いたけど」

「昨日帰ってきたんです」

エヴァラードはネリアに向かって言った。

「あらそうなの？　教えてくれたらよかったのに。でもよかったわ。ちょうどネリアさんと、お茶にしましょうと言ってたところなのよ」

二人の女たちはするすると傍《そば》に寄ってきて、オーロールはエヴァラードの隣に座った。

「姉さん、彼女を知っているのか？」

エヴァラードは声を落とした。

「ええ、そうなの。トルシェ様とは以前、ケネス夫人のお宅に招《まね》かれたときに知り合ったのよ。そしたら、気が合って。時々こうして散歩したり、お茶会をして、貴族社会のことなど教えていただいているの。あなたたちが知り合いだってことは先日知ったばかりなんだけど」

「……ふん」

作為的な話だとエヴァラードは思った。

オーロールのような女が、ネリアのような面白味のない人物を、友人に選ぶはずがない。間違いなく自分の姉だと知って近づいたのだろう。そのオーロールは、ミルクを前にした今にも舌なめずりしそうな猫のように、マリエに話しかけている。

「奥さま、ご無沙汰していますわ。あの夜会以来ですわね。お変わりありませんか？」

「はい、元気にいたしております、ご挨拶が遅れてすみません。トルシェ様」

マリエは朴訥《ぼくとつ》な挨拶を返した。

「オーロールで結構よ。この名前好きなの。夜明けという意味があってね」

オーロールは艶《あで》やかに微笑んで言った。

「ねぇエヴィー、ネリア様はリドレイ家の春の森遊びに、私を誘ってくださったのよ」

「え!?」

エヴァラードは驚いた。春の森遊びとは、リドレイ家が主催する春の社交で、フォレスト・ファーンズと呼ばれている。その内実は、家の評判を高めるため、そして家業の伝手《つて》を広げるという含みの多い大変疲れる催《もよお》しなのだ。無論《むろん》エヴァラードは大嫌いである。

「ええ。郊外の別荘に皆で遊びに行くんですって?」

「さぁ、俺は子どもの頃行ったきり参加していないから」

「ピクニックなのね。楽しみだわ。あなたたちも来るのでしょう?」

「……」

エヴァラードが思わず妻の方を見ると、マリエはネリアに話しかけられていた。

「いつにもまして酷《ひど》い格好《かっこう》ねぇ」

カフェに入ったので、マリエは仕方なく外套《コート》を脱いでいたのだ。ネリアはマリエのいつもの普段着である、灰色の慎《つつ》ましい服を見て眉をひそめた。

「すみません。それで……ヴィリアン様はお変わりありませんか?」

「おじい様は今日は具合がよくないのよ。あなたが昨日散歩なんかに連れ出したりするから」

「え……それは本当ですか?」

マリエの顔色がさっと変わるのが、無神経なネリアにも見て取れた。

「嘘言ってどうするの。今日は一度もお部屋から出てこられないって、看護婦がお母様に言っているのを聞いたのよ」

「そんな……それで、ご容態は？」

「え？　容態？　私、知らないわ。おじい様の部屋なんかに行かないもの。でも、お母様はあなたのことを怒ってらし……」

「私行きます！」

周囲の目を集めるほど勢いよくマリエは立ち上がった。

「マリエ!?」

驚いたエヴァラードと視線がぶつかる。

「わた……私は、ヴィリアン様のご様子を見に行ってきます。皆様、すみませんがこれで失礼いたします。無礼をしまして申し訳ありません」

そう言うとマリエは身を翻《ひるがえ》し、駆け出した。

＊　＊　＊

「はぁっはぁっ……！」

マリエは表通りを走り抜けた。

川沿いの通りは、つい昨日ヴィリアンと散歩した道である。リドレイの家を出てからわずか半時だけの散歩だった。あんなに楽しそうだったのに、それで彼は弱ってしまったのか？

若い娘が必死の顔で走っているのを見て、行き交う人たちが怪訝《けげん》そうに振り返るが、マリエはそんなことには構いもしなかった。足の速いのはひそかな自慢だ。だが、たっぷりしたスカートと、ここ数か月の都会暮らしのためか、それほど走っていないのに息が上がってくる。

「……はっ!?」

突然腕を掴《つか》まれてマリエが振り返ると、驚いたことに、そこには夫が立っていた。

「だ……！」

エヴァラードはじろりとマリエを見下ろして低く呟《つぶや》く。

「走るのが速いんだな」

彼も走ってきたのだろうが、マリエと違って息が切れている風はない。

「え？」

「こっちが近道だ」

そう言うと、エヴァラードはマリエの腕を取って左に折れる。その道は人が一人やっと通れるくらいの路地で、そこを抜けると小さな通りに出た。マリエの知らない道だ。人通りの少ない道をしばらく走ると、エヴァラードは無機質な印象の大きな家の前で足を止めた。

「ここが家の裏だ」

エヴァラードは慣れた手つきで道に面した小さな階段を上ると、柵を潜《くぐ》って黒く塗られた扉を開けた。

「使用人の出入り口だ。ここは昼間は鍵を掛けないからな」

二人で入ると、そこは割合広い物置になっている。業者が運んできた物や、消耗品などが保管される倉庫だ。幸い今は誰もいない。

エヴァラードは勝手知ったるという様子でどんどん進んでゆく。

「あの旦那様、いいのでしょうか？」

さすがに焦《あせ》ってマリエは尋ねた。義両親の家とはいえ、裏口から侵入しているのだ。

「いい。あ、久しぶりだなサビイ。妻のマリエだよ。ああいい。おふくろには言わなくていい。あとで挨拶して帰るから」

エヴァラードは、廊下の向こうで驚いてリンゴの籠《かご》を落としそうな中年のメイドに声をかけた。

「すみません！　マリエは恐縮して、慌てて頭を下げる。

「いいからこっち」

そのまま二人は二階の渡り廊下を通って離れに向かった。離れの二階全部がヴィリアンの住まいである。

ホールの次の間で本を読んでいた看護婦が、突然現れた二人に驚いて駆け寄る。

「これは、エヴァラード様、奥様。いかがされました」

「ヴィリアン様はっ……！」

「じいさんの容態はどうだ？」

「そんなにお悪いのですか？」

「は？　ヴィリアン様でございますか？　今朝方はなかなか起きられずにベッドでお過ごしでしたが、特にお変わりはありません。今は手紙を書いておられます」

若夫婦に畳《たた》み掛けられて看護婦はたじたじになったが、すぐに冷静さを取り戻して答えた。

「お熱は……？　お風邪だと伺いましたが」

「お熱ですか？　昼食前の検温では平熱でした」

「会えるか？」

「は、はい。どうぞ」

「エヴァラード様ご夫妻が見えられました……って、エヴァラード様！」

エヴァラードはずかずかと部屋に踏み入る。

「よう、じいさん、元気そうじゃないか」

「戸口で騒ぐでない。いい歳して相変わらずまともに挨拶もできんのか。情けない」

「ヴィリアン様！」

「おおマリエ。どうした、額《ひたい》に汗をかいておるな」

厳しく寄せた眉根をたちまち解《と》いて微笑む男が祖父でなかったら、エヴァラードは小突いていただろう。手の平を返すとはこのことである。

「あ……走ってきたので。お見苦しくて申し……申し訳……」

「よいよい。だが少し落ち着かれるがよい。なんだな？　私の身になにかあったと思うたのかな？」

「はい、ネリア様に聞いて」

「あの軽薄娘が。私の顔など月に一度も見に来やせんくせに、適当なことを言いおって。

人騒がせな……だが、まぁよいだろう。マリエは私を心配して来てくれたのだから」

「はい……」

ヴィリアンの勧める椅子に腰を下ろしたマリエは、恥ずかしそうに俯《うつむ》いた。

「お騒がせして申し訳ありません。お話を伺って、昨日の散歩がお体に障《さわ》ったのかと早とちりをいたしまして」

「さぁ、寛《くつろ》ぎなさい。コナーさん、すまんが茶を頼む」

ヴィリアンは扉の前に突っ立っている看護婦に声をかけると、自身もゆったりと深く腰掛けた。

「……確かに以前に比べると、体力の低下には目を覆《おお》わんばかりだな。昔は三日間眠らずに、自由国境の渓谷《けいこく》地帯を行軍《こうぐん》したものだが。知っているかね？　アゾレーの難渋《なんじゅう》を」

「ああ、それなら祖父から聞いたことがあります。あの地方には珍しく三日三晩渓谷に雨が降り続き、兵隊さんたちは腰まで泥水に浸《つ》かって進軍したのだとか」

「ああ……ローリィも一緒だった。何度も蹴躓《けつまず》いて泥水に頭から突っこんだっけ。おいそこの馬鹿男、後ろの棚に緑の背表紙が二冊ほどあるだろう……ああそれだ、取ってくれ」

「馬鹿男にものを頼むなよ」

憎まれ口を叩きつつもエヴァラードは背の高い本棚から、指定された本を取ってやった。きちんと番号をふられた本は古いアルバムで、長いこと開かれていないそれは紙がくっついていて、捲《めく》るとぱきぱきと音がする。

そのとき茶が運ばれてきて、しばらく三人は機械的に飲み物をすすった。

「ああ……これだこれだ」

ヴィリアンはある頁《ページ》を指した。そこには写真の他に新聞記事も綴《と》じられており、厳しい行軍の様子が記録されていた。

＊＊＊

若い兵士たちの疲れた顔。しゃがみこんで武器の手入れをする壮年の兵士。粗末な食事を慌ただしくかっこんだり、鉄兜《てつかぶと》に入れた水で顔を洗っている兵士。それは生々しい記録だった。

元は軍人だったエヴァラードも、初めて見る資料を興味深く見ている。

「……おお、これはローリィだ。黙っていても目が笑っておるな、この男は」

ヴィリアンは正面を向いて片膝《かたひざ》をついた青年を指した。

「まぁ、この写真は知りませんでした。旦那様、これが私の祖父です」

「……」

エヴァラードはマリエの祖父など見てはいなかった。彼が見ていたのは、その隣に物《もの》憂《う》げに佇《たたず》む痩《や》せた長身の男。淡く写っている髪色は金髪なのだろう。鋭い顎《あご》の線、歪《ゆが》められた眉。

これは……俺だ。

初めて見る若かりし頃の祖父の姿。

「……若いなぁ、皆も、私も。これは一番突っ張っていた頃だな」

「初めて見る写真がほとんどです」

「そうかな？　行軍《こうぐん》記録も兼《か》ねておったから、従軍記者が撮ったものが多いんじゃないかな。ああ……この先は見ない方がいい」

二人は隣り合って古い頁《ページ》を捲《めく》っていたが、ヴィリアンは残り数頁《ページ》を残してアルバムを閉じてしまった。

「まぁ、なぜですか？」

「塹壕《ざんごう》の記録だからな。負傷者や……遺骸《いがい》も写っておる」

「まぁ。でも私はへいきです」

「私が見てもらいたくないんだよ」

ヴィリアンは優しくマリエの手を叩いて言った。

それからしばらくマリエとヴィリアンは、彼女の祖父の話などをしていた。エヴァラードはそれを聞きながら、もう一冊のアルバムを眺めていた。そこには行軍だけではなく、民衆の様子も記録されている。

一番たくさん写っているのはやはり祖父で、色褪《いろあ》せた頁《ページ》の中の彼はどれも様《さま》になっている。だから、カメラマンも彼に多くカメラを向けたのだろう。そして、高い頻度でその横にいる青年がマリエの祖父だ。マリエの言葉から察するに、彼女の実家にも同じようなアルバムがあり、マリエはそれを昔から眺めていたのだろう。

エヴァラードの手にしているアルバムの方が時間的に新しいらしく、そこには戦闘が終結したあとの王都の様子が記録されていて、軍関係者ではない民衆の姿も写っている。

そして、そこにしばしば写っている女性の姿があった。

濃い色の髪と瞳、聡明《そうめい》そうな広い額《ひたい》を持ったその女性は、彼と一緒に住む娘とよく似ていた。

いや、似ているどころじゃない。これはマリエだ。ここに写っているのはマリエと俺なんだ。

エヴァラードは古い頁《ページ》に見入っていた。自分に鋭い視線が注《そそ》がれていることも知らずに。

「……マリエや？」

「なんでしょう」

「少し席を外してはくれまいか？」

ヴィリアンは熱心に頁《ページ》を捲《めく》っているエヴァラードを横目で見て言った。

「ああ！　申し訳ありません。私ったら、せっかくお休みのところを無遠慮に……すぐにお暇《いとま》を」

「いや、この男はしばらく残す。すまんが次の間で待っていてくだされ」

「畏《かしこ》まりました」


「……じいさん、あんた」

マリエが出ていくと、エヴァラードは祖父に向き直って言いかける。だが厳しい声がそれを遮《さえぎ》る。

「私は後悔しているところだぞ」

「なにを？」

「貴様とマリエを娶《めあわ》せたことをだ」

「なぜ？　それがあんたの望みだったんでしょう？　この女は誰なんです？」

エヴァラードは実直そうな男の横で微笑んでいる女を指した。

「よく似ている。マリエの血縁……多分、おばあさんというところですか？」

「エヴァだ」

「エヴァ？　それは俺の名前……」

エヴァラードの様子がみるみる剣呑《けんのん》なものに変わってゆく。

「……そうか、そういうことか。あんたは果たされなかった歪《ゆが》んだ感情の腹いせに、俺たちを結婚させたんだな。昔のあんたたちにそっくりな俺たちを。とんだ茶番だ……マリエはこのことを知っているのですか？　自分があんたの夢の肩代わりをさせられていることを」

「貴様がどう思おうと勝手だがな。俺とローランディ……この男のことだが」

ヴィリアンは二人の青年が並んで写っている写真を指した。

「俺たちは戦場で知り合い、命の瀬戸際《せとぎわ》の中、互いを助け合い固い親交を結んだ。そして、いつか血を交流させようと約束したんだ。あいにく次世代は男同士だったので、次の世代……お前たちになってしまったが」

ひととき、ヴィリアンの目は過去を流離《さすら》うように遠くなった。

「死んだ男との約束を果たすために、関係のない俺たちに理不尽を強《し》いたというのですか？」

「無論《むろん》マリエが受けてくれなんだら、無理強《むりじ》いするつもりはなかった」

「……承知したというのですか？　こんな馬鹿な話を、マリエは」

「ほとんどすぐにな。私と共に王都に行くと言ってくれたよ。正直、私も驚いたが、あの子の目に迷いはなかった」

「マリエはあんたの理不尽な望みに従った。それはあんたが好きだったからだ」

エヴァラードは拳《こぶし》を握りしめた。

「あんたの願いを叶えるために。じいさん、あんたは自分の潰《つい》えた愛をこんな歪《ゆが》んだ形で成就《じょうじゅ》させるためにマリエと俺を引き合わせたんだ。そうだろう？　約束なんて嘘だろう？　孫に名前をつけるほど愛していたんだろう？　この……この女を！」

エヴァラードは自分の妻にそっくりな女性に指を突きつけた。

「その指をどけろ、エヴァラード・リドレイ。嘘ではない。我々は約束を交わした。確かにお前の名前はエヴァからもらったものだ。お前が生まれた日は、エヴァの命日だったから」

ヴィリアンの声に揺らぎはない。真実を語っているのだろう。しかし、すべてではない。エヴァラードはそう確信した。この男は親友の妻を愛していたのだ。それも熱烈に。

「……それに私は、マリエの資質を非常に評価している。それが貴様にマリエを娶《めあわ》せた理由の一つだ」

「どういうことだ？」

「わからないか？　教えてやらんぞ。だが、見るところ、私は間違ってはいなかったようだ」

「ふん、わけがわからん。だが、なんにせよ、マリエにとっちゃいい迷惑だ。俺はこんなろくでなしだから」

「その点は同意見だな。我々は二世代であの娘に迷惑をかけている。あの娘の優しさに甘えている」

「じいさん、あんたは俺よりずっと酷《ひど》い男だ。長い間、妻や家族を偽《いつわ》った挙句、俺みたいな男とマリエを引き合わせた。全く大した執念深さだ」

エヴァラードがなじったが、ヴィリアンは動じなかった。今まで家族を、部下を、軍を従えてきた強い瞳で孫を見据える。

「そうかもしれん。おまけにお前の醜聞《しゅうぶん》を聞き逃《のが》しておったからな。年上の情人の報告は受けたぞ。トルシェ男爵の未亡人だそうだな。報告を聞いたとき胸くそが悪くなったわ。まだ懲《こ》りてはおらんのか？」

「あの女とは結婚前からの腐れ縁だった。今はもう会ってない」

エヴァラードは背中に汗が流れるのを感じた。この老人に隠しおおせるものはないのだ。老いてなお炯々《けいけい》たる光を放つ目を見返せない。

「それが言い訳か？　マリエは知っておるのか？」

「……聡《さと》い女だから」

「……お前は！」

ヴィリアンは額《ひたい》に青筋を浮かべて椅子の手すりを掴《つか》んだ。そのまま二人の男は睨《にら》み合う。

「なんということだ。……そこまでお前が腐っているとは思わなんだ。私はマリエを不幸にするためにここへ連れてきたのか」

「あいつは不幸なんかじゃない。俺のことなど目に入らないんだ！」

「……」

「あいつが見ているのは、俺じゃない。あんただよ。じいさん」

「……なに？」

「マリエはあんたの傍《そば》にいたくて俺と結婚したんだ。じいさん同士の約束のためじゃない」

「マリエがそう言ったのか？」

「言いませんよ。そんな馬鹿な女じゃない。けど、あんたを見るときの目が違う。今日来たのだって、ネリアが余計なことを言ったからだが、あんなに狼狽《ろうばい》したあいつは見たことがない。あんたは昔の恋人を重ね合わせただけなのかもしれんが、マリエが俺のところに来たのにはちゃんと意味があったんだ」

エヴァラードは苦々しく言った。

「だから、マリエにとっちゃ、俺はどうでもいいのさ。情人がいようと、いなかろうと。俺たちはもともとそういう夫婦なんだ」

「馬鹿な……お前たちはすぐに別れさせる。私が見誤っていた。お前の言葉はなに一つ信用できん！」

「勝手なことを言うな！　あんたが無理やり結婚させたんだろう？　俺は別れない！」

エヴァラードは激昂《げきこう》して叫んだ。

「別れないだと？　それこそ勝手なことだろう！」

「わかってる。けど、このまま別れたくはない！」

エヴァラードは唇を噛んだ。自分がどんなに矛盾したことを言っているのか、承知している。

このままだとあいつは……マリエは、俺を見もしないまま、あっさり離れていくだろう。

そんなことは――

「嫌だ」

「……」

「嫌なんだ」

ヴィリアンは冷徹《れいてつ》な目でエヴァラードを見つめた。

普段自信過剰で傲慢《ごうまん》な孫息子が背中を丸めている。彼が軍を退役して以降、語り合ったことはなかったが、孫のこんな姿を見るのは初めてだった。

エヴァラードは消沈している。

「お前」

「別れるのは嫌だ」

エヴァラードは繰り返した。

不意にヴィリアンの目の前に、かつての傲岸《ごうがん》な青年の姿が蘇《よみがえ》った。自分の能力を自覚し、自信に満ち溢《あふ》れてすべてを見下して。

それは彼女に――エヴァに会うまでの自分だった。

今のエヴァラードは、おろかな昔の己《おのれ》と同じ。

あれはエヴァへの想いが、親友の婚約者に対する敬愛の情ではないと自覚したときのことだった。

女など、一時《いっとき》楽しめたらそれでいい。そのためだけの存在だと思っていた自分に芽生えた不思議な感情。

振り払っても抑えつけても溢れ出る、そのもどかしい気持ちがエヴァに対する愛だとわかったのは、自分のいない所で口づけを交わしていた睦《むつ》まじい二人の姿を垣間見《かいまみ》たときのことだった。

命を助けてくれた男の命を奪いたい激情が湧き上がったのは、その瞬間。

別れの言葉も告げずに飛び乗った軍用車両の窓ガラスに映ったかつての自分の姿が、目の前のエヴァラードの姿が重なった。

だが、まだこいつの方が分《ぶ》がいい。

マリエへの感情に整理はつけてはいないようだが、それでも自分の妻なのだから。あの頃の自分よりかは余程。

あとはこの男次第だ。

この先この男がどう振る舞うかは、己の関知するところではない。

男たちの想いは自分勝手で複雑だ。

「……俺たちはあまりに互いを知らない。まだなにも始まっていない。だけど俺は……始めてみたい」

エヴァラードはようやく顔を上げて言った。

「ふん……なら情人はどうする。このままずるずると付き合うのか。だとしたらお前を撃《う》ってやってもいいが」

ヴィリアンは暖炉の上に飾られた愛用の銃をちらりと見ながら、ことさら静かに問うた。だが今度はエヴァラードは怯《ひる》まなかった。

「……知りあったときから遊びだったんだ。向こうも後腐れなく付き合える男が欲しかっただけだろう。もう二度と関係は持たない」

「どういう心境の変化だ」

「遊びには飽《あ》きた。女はもう必要ない」

「さて、そううまくいくかな？　オーロール・アンヌはしたたかな女だ。死んだ亭主のおかげで身分も財産も手に入れた。容色《ようしょく》が衰《おとろ》えるにはまだ間がある。足りないものと言えば、連れて歩くにふさわしい見栄えのする若い男ぐらいじゃないか。お前のことだぞ、エヴァラード。あの女が男に捨てられることを簡単に認めるとは思えんな」

「自分の評判を守りたけりゃ、俺と手を切るでしょうよ」

「甘いな。だから馬鹿だというんだ。あのような手合いは、マリエのような娘を引きずり下ろすことぐらい朝飯前だろう。むしろ楽しみながら爪《と》を研ぐ種類の女だぞ」

「……さすがに昔遊び倒したお方の台詞《セリフ》は説得力がありますね。ばあさんが愛想を尽かすはずだ」

「おお、さっそく牙《きば》が蘇《よみがえ》ったようだな。だが、今は私の話ではないだろう？　私はマリエを不幸にするつもりでお前に娶《めあわ》せたのではない」

ヴィリアンは追い打ちをかけるように言った。

だが彼もまた、一方的な望みを叶えるためにマリエにエヴァラードとの結婚を持ちかけたのだ。本当はエヴァラードを責める資格はない。

結婚式の真っ最中から今の今まで、自責《じせき》の念に苛《さいな》まされてきた。

だがこれからは——

ヴィリアンは疲れたように深々と椅子に身を沈めた。

「まぁやるだけやって、死ぬほど後悔するがいい」

「そうします。あなたに撃たれるのはそれからだ」

「ああ、弾こめはすでにしてあるからな」

そうして男たちは薄く笑ったのだった。


「待たせたな。帰ろうか」

祖父の部屋から出てきたエヴァラードは、看護婦と話をしていたマリエに声をかけた。

「では、ヴィリアン様にご挨拶を」

腰を浮かしたマリエをとどめる。

「いい。じいさんはしばらく休むそうだ。体の方も心配ない」

「そうですか……では帰りましょうか」

来た時と同じように裏から出ることにする。

「お義母様にご挨拶しなくてもよろしいのですか？」

「いいさ。面倒だ」

「ネリア様やオーロール様は……」

「それこそ全くどうでもいい。さ、行くぞ。そろそろ買った荷物も届くだろう」

「はい……あ」

外に出た途端、マリエは引っさらうようにエヴァラードに手を掴《つか》まれた。

そのままぐいぐい引っ張られてゆく。

二人は裏口から出て、大通りへと向かった。いつの間にか陽は中天《ちゅうてん》に昇っている。

「お昼ですね」

「ああ、昼だな」

「お昼ご飯どうしますか？」

「朝食が遅かったからまだいい」

「じゃあ、晩御飯を早めましょうか？」

「それがいいな」

こそばゆい思いを隠してエヴァラードは答えた。なんて普通の夫婦の会話なのだろうか？　だが、こんな他愛のない事が嬉しい。初めての感覚に戸惑いすら覚える。

マリエといると心の土壌《どじょう》が耕《たがや》され、今まで知らなかった感情の種が次々に芽吹いていくのだ。

「分かりました。なにが食べたいです？」

「肉の煮込み」

エヴァラードの即答にマリエが笑う。

「そればっかりじゃないですか？　たまにはお魚料理を指定してください。腕を上げたんですから」

その時、路地を強い風が吹き抜けた。落ち葉が浮き上がり、マリエのスカートがふわりと膨《ふく》らむ。

「あ」

慌てたマリエが裾《すそ》を押さえている。

エヴァラードは風よけになるために彼女の前に立った。

「ありがとうございます」

手を差し出す。

「道が狭いと風も強い。大通りに出よう」

「はい」

マリエは驚いたように瞳を大きくしたが、素直にその手を取った。

人通りを避けてエヴァラードが歩いてゆく。

マリエは大人しくついてくる。

「マリエ」

振り返らずにエヴァラードは妻を呼んだ。

「なんですか？」

「俺たちはまだ一緒に暮らせるか？」

気持ちが挫《くじ》けないうちに一息《ひといき》に言い放った。

「俺は君と一緒に暮らしたい……家族として」

土壇場《どたんば》で勇気が潰《つい》えた。やはり拒絶が怖い。

怖いのだ。この娘に柔らかに拒絶されることが。

「マリ……」

「……大丈夫です」

マリエは短く、だがはっきりと答えた。

「……ありがとう」

エヴァラードは声が揺れないように低く答えた。

一番告げたい言葉は今は言えない。俺にはまだそれを言う権利がないから。

手の平の中の温もりを確かめるように握る。

エヴァラードには、しなくてはいけないことがたくさんあった。

過去は変えられなくても、過去と決別することはできる。自分の愚《おろ》かしさにケリをつけてからでなくては、この娘の横には立てない。

まずは、この娘の灰色の目の中に自分を映すこと。

それがすべての始まりだと思えた。

この手を放してはいけない。

それだけを思って、エヴァラードは家路を急いだ。

＊＊＊

前を行く広い背中をマリエは見ていた。

さっき風を受けて翻《ひるがえ》ったスカートが萎《しぼ》んだと思ったら、すぐ傍《そば》に夫が立っていた。盾になってくれたのだ。彼は肩越しにマリエを見て、大丈夫だという風に頷《うなず》いて、手を差し出してくれた。

その時、ちらりと青いものが見えたのだ。

マリエが無意識に差し出した手はすぐにしっかりと握られ、今も温かくマリエを包んでいる。

黒い上着、その上で跳ねる少し伸びた明るい色の後ろ髪。

マリエは目を瞬《またた》いた。

その色は淡い金色。

ああ、きれい。

陽を受けて白っぽく見えるが、間違いなく金色だ。冬の空に映《は》えている。先ほどの青い色は夫の瞳の色だったのだ。

色がついている。

今まで灰色だった男に。

マリエは思わず繋《つな》がれていない方の手で目を擦《こす》った。それでも色は消えない。

青と金――

きれい……この人はこんなにきれいな色を持っていたんだ。


この人とこれからも暮らしていく。

ようやく家族として認めてもらえたのだわ。

夫に手を引かれながらマリエは思った。

夫は自分を知りたいと言ったが、自分も彼のことを知らなかった、知ろうとしなかったのではないか。

彼の持つ色でさえ。

これから二人がどうなっていくのか、まだ分からない。

オーロールのことにしても、戸惑いや不安は蟠《わだかま》っている。

けれど、一つわかったことがあった。
もっと伝えなければ、そして受け止めなければ。
なにかが変わろうとしている。
彼に色が見えたのは、その確かな証《あかし》。
大丈夫。
私はこれからもやっていけるわ。
この人と――
マリエは前を行くエヴァラードに負けないように、大きく足を踏み出した。

じきに春。

君に贈りたいもの、もしくは君から欲しいもの

王都エトアールの目抜き通りには、貴金属や高級品を扱う有名店が立ち並ぶ一角がある。

通りを二つほど歩くだけで庶民の生活を賄《まかな》う商店が軒《のき》を連ねているというのに、そこだけは、まるで王宮の一部を切り取ってきたかのように優雅な雰囲気を醸《かも》し出していた。

春の初め。とある休日のこと。

「旦那様、あの……ここに入るのですか？」

店構えは小さいが、上品な品物が並ぶ宝飾店のウインドウを眺めながらマリエは尋ねた。その日の朝、朝食を終えた夫に買い物に付き合って欲しいとためらいがちに言われてついてきたのだが……

「ああ。この店は小さいが趣味のよいものを揃《そろ》えていると聞いたので」

エヴァラードはなぜか視線を泳がして言った。

「俺にはこういうものがよくわからないから、君が選ぶといいと思って」

「はぁ」

「選んでほしい」

二人はシックなしつらいの店に並んで入った。

通りから見える陳列棚には女王陛下がつけるようなティアラや、大きな宝飾品が展示されており、マリエを圧倒した。

「すごい……こんなのは初めて見ます」

「へぇ、やっぱり女の子だな。こういうものを見るのは楽しいかい？」

「とても素晴らしいです。でも立派過ぎて見るのも畏《おそ》れ多いくらいですね」

マリエの感想に、近くにいた年配の客が微笑んで頷《うなず》いている。

「そうだな。今の俺では手が出ないな。でも、もう少し手頃な物もあると思う」

「いらっしゃいませ。どのような物をお求めですか？」

スマートな黒い服に身を包んだ女性店員が寄ってきて、二人は指輪のケースの前まで案内された。そしてエヴァラードは店員に、あとで呼ぶから待っててくれと頼む。

どうやら夫は指輪を買うつもりらしい。マリエは、興味深く陳列棚を覗きこんだ。

そこには様々な指輪が美しく飾られている。

「まぁ、どれも綺麗ですねぇ」

「そうか？　で、君はどれがいいと思う？」

マリエの関心を引いたとみてエヴァラードは勢いこんで尋ねたが、マリエの答えは至《し》極《ごく》事務的なものだった。

「そうですねぇ。それではご予算は？」

「え？　まぁ、給料三か月分ってところかな？　なんなら少しぐらい上回ってもいいが」

「わかりました。それでご趣味は？」

「は？　ゴシュミ？」

ゴシュミ？

ゴシュミってなんだ？

エヴァラードは目をみはった。

「趣味ですよ、趣味。あと、お好みの服装とか」

服の好み？

俺の？　こういうものは男の服装に合わせて選ぶものだったか？

なにかおかしくはないか？

「もう！　旦那様、真剣に考えてください」

固まるエヴァラードに、マリエは大真面目に説明した。

「いくら指輪といっても、贈られる相手の趣味とか、好まれる服装とかを考えないといけないでしょう？」

「……贈られる方？」

エヴァラードはようやくマリエがなにを言わんとしているかを理解した。マリエは、エヴァラードがどこかの婦人に指輪を贈ろうとしていると思ったのだ。妻は軽く首を捻《ひね》って考えこんでいる。

「はい。実は私もあまりよくわからないのですが……あ、モリーヌ様をお呼びすればもっといいかも……でも、せっかく旦那様が私に頼んでくださったのに人まかせではダメですよね。じゃあせめてその方のご年齢ぐらい教えて頂けませ……」

「君だ」

「え!?」

噛みつくような口調に、今度はマリエが驚いた。

「君に贈るんだ！」

エヴァラードは、店中の人々の注目を集めるほどの大声で言った。

「今さら誰に指輪を贈るというんだ。君にとって、俺はよその女に贈る指輪を妻に選ばせるほど鬼畜《きちく》な男なのか？　そしてそれで君は平気なのか？」

マリエの中で自分がどんな男なのか想像すると身が竦《すく》む。おそらく、彼女は自分にまだ情人がいると思っているのだろう。だが、この点についてはエヴァラードに完全に非があるわけだから、仕方がない。

だが、もう二度とオーロールと関係を持つ気はない。ただエヴァラードは、それをマリエにどう伝えればいいのか考えあぐねているのだ。女と別れるつもりだと言えば、最近まで関係があったことを自ら認めることになる。

自業自得《じごうじとく》だが、やはりこういうことは面と向かっては言いにくい。

「今まで俺が悪かったのは確かだが、これからは違う。だから頼むからもうこれ以上、俺の心を打ちのめさないでくれ……」

がっくりと広い肩を落としてエヴァラードは呻《うめ》いた。背後にいる店員と客たちが気の毒そうにその様子を眺めている。

「君に贈らせて欲しい……マリエ、君を喜ばせたいんだ」

「旦那様……」

「マリエ……すまない。でもどうか受けとって」

額《ひたい》を妻の肩に埋《うず》めてエヴァラードは囁《ささや》いた。女に物を贈るのにこれほど苦労したのは初めてだった。

「君の好きな物を選んでほしい」

「そうですか……わかりました」

マリエはそっとエヴァラードの髪に触れて言った。顔を上げたエヴァラードとマリエの視線が優しく交わる。マリエはそっと頷《うなず》いた。

「旦那様は私に贈り物をなさりたいんですね？」

「そう……だからマリエ」

「なら私、指輪よりも欲しいものがあるんです」

マリエはきっぱりと言い切った。

「本当か!?　首飾りか？　それとも腕輪か？」

エヴァラードは勢いこんで尋ねる。

「お鍋です！」

「は？　ナベ？」

そんな宝飾品があっただろうか？

「はい、銅《あか》の深鍋がとっても欲しいんです！　少し値が張るので言い出せなかったのですが、そういうことならぜひ贈ってくださいな。こっちです！」

マリエはめったに見せない輝くような微笑みを夫に投げかけると、呆然《ぼうぜん》としているエヴァラードの腕を取って元気よく向かいの高級金物店に入っていった。

＊＊＊

台所にいるマリエはご機嫌だった。

夫に買ってもらったばかりの銅鍋で煮込み料理を作っているのだ。

銅鍋は素材に早く火が通るので、時間がないときにとても便利なものである。少々手入れが面倒なのと、出来上がった料理を入れっぱなしにできないことが難《なん》だが、赤く輝く鍋は棚に置いておくだけでも美しく、マリエは大変気に入っていた。

夫のエヴァラードはマリエの作る牛肉の煮込み料理が大好物で、食べたいものはありますかと聞くと決まって煮込みと答える。

時間はかかるが別に難しい料理ではなく、骨付き肉や、もも肉などをなるべく大きな塊《かたまり》のまま、マリエ特製の甘辛い煮汁でゆっくり煮込んでいく。煮汁はだんだん少なくなり、肉から出るゼラチンのおかげで濃厚なソースとなって肉に絡む。そして食卓に出される頃には、口に入れるとほろほろと崩れるほどの柔らかさに仕上がるのだ。

その夫はさっきから庭で壊れた柵《さく》を直してくれている。金槌《かなづち》のとんとんという音が小気味よく庭から響いていた。

休日の午後は穏やかに過ぎていく。


最近、夫は家の中の小さな手伝いをしてくれることが多くなった。

多分、この間のことを反省なさって気を遣ってくれているのだわ。

この間のこととは、泥酔《でいすい》した夫に絡まれて口づけされたことを指している。

あのときは確かにびっくりして少々怖かったが、自分は（そんなには）気にしていないし、今はもうへいきなのに、とマリエは思った。

でも優しくしてくださるのは嬉しい。

素直にマリエはそう思っている。

そこに愛はなくとも、やっと家族の一員として認めてくれていると思えたから。同じ家に住むのなら協力して仲良くした方がいいに決まっている。

そう、愛はなくとも。

鍋の中のソースが気泡を作って弾け、マリエの顔にかかった。

「あっ……！」

我に返ったマリエは慌てて火を弱めた。

いけない、ぼんやりしてしまった。火が強すぎたわ。お肉が焦《こ》げちゃう。

早く新しい鍋に慣れなくちゃ、材料を駄目にしてしまうわ。

鍋をゆっくりとかき回しながら、マリエは庭に耳を澄《す》ませた。金槌《かなづち》の音はやんでいる。

もう日も暮れ始めた。じきに夕食の時間だ。

「今日も美味《うま》かった」

多めに作った煮込みをほぼ一人で食べ終えた夫は満足そうに匙《さじ》を置いた。

「けど、ほとんど俺が食ったんじゃないか？」

「そんなことはありません。私だって充分頂きました」

以前、自分が肉や魚を食べていなかったことを心配して、そんなことを尋ねてくるエヴァラードにマリエは微笑んだ。

あれ以来、マリエは遠慮することなく食事をしている。ただ、自分は一人前で充分満足できるのに対し、夫はよく食べる。それだけのことだ。

彼は筋肉質だし、仕事の合間に鍛錬《たんれん》もしているから（子どもの頃はヴィリアン様に鍛《きた》えられたらしい）、自分より多く食べるのは当然なのに、彼はいつまでも気にしている。そんなこと気にしなくていいのに。

「これ以上食べては太ってしまいます。元々細くないのですから」

マリエは都会の女性と比べると、自分がほっそりした体型でないことに気がついていた。決して太っているわけではないが、彼女の体はどちらかと言えば、流行《はや》りのデザインの服が似合わない。しかし、元々自分の容姿についてあまり考えたことがないので、今まで真剣に悩んだことはなかった。

エヴァラードはマリエの高く持ち上がった胸にちらりと目をやり、慌てて逸《そ》らしながら言った。

「君はちっとも太ってない。腰なんか折れそうじゃないか。むしろ、もう少し太った方がいいくらいだ。男は痩《や》せぎすな女はいいとは思わない」

俺は、と言えないのがエヴァラードの弱気なところであるが、マリエはなにも気がつかずに、匙を置いて考えこんでいた。

旦那様のお好みは、すらりと背の高いタイプではなかったかしら？

マリエは最新流行のドレスに身を包んだ夫の恋人のオーロールや、以前家に来た同僚の女性たちを思い起こしている。彼女たちは皆、厚みのない薄い体つきだった。

きっと、慰《なぐさ》めてくださっているんだわ……

出会ったころの夫と比べると、信じられないほど優しい。マリエは嬉しく思った。

「ありがとうございます。お済みですか？　片づけますね」

マリエはエヴァラードの食器を片づけ始めた。やはり今日も夫は手伝ってくれる。最初は戸惑ったが今ではマリエも譲歩《じょうほ》して、汚れた食器を台所に運ぶまではやってもらうことにした。

「そういえば、花壇の柵《さく》がきれいに直っていました。私がやらなくてよかったです。ありがとうございました」

「ああ、あれくらい造作《ぞうさ》もないよ。これでも設計技師だぜ？　今度は庭木にブランコでも作ってやろうか？」

「えっ？　そんなこと……家の庭には私の体重を支えられるような木がないですよ」

「だから太ってないって言ってるのに」

「もう、その話はいいですから。あ、そのお皿はこちらへ。お風呂の支度《したく》が終わったら呼びに行きますからそれまで休んでいてください」

「君は俺を甘やかしすぎだぞ。これでも軍隊にいたんだ。皿くらい洗え……」

「いいんです！」

これ以上気を遣われたら堪《たま》らない。マリエはついにエヴァラードを台所から追い出した。

その夜、マリエが夕食の片づけを終え、明日の朝食の支度もして二階に上がったのは十時過ぎだった。

マリエはいつも自分の部屋に戻る前に風呂に入り、洗面室で寝支度をして部屋に戻る。マリエの部屋より明るくて着替えやすいからだ。

夫が充分熱くしてくれているので湯はまだ冷《さ》めていない。マリエは湯を使ってその日の疲れを落とした。良い香りのする石鹸で体を清め、いつもきっちりと巻きつけている髪も解《ほど》いて洗い上げる。

都会暮らしのいいところは、お湯と石鹸に不自由しないところだわね。

井戸から水を汲《く》み上げて沸《わ》かす、故郷の不便な浴室を思い出しながら、マリエは浴槽の中で体を伸ばした。

風呂から上がると、湯冷めしないようにしっかり体を拭《ふ》く。マリエの髪は多いので、いつも大きめのタオルを使って水気を拭き取らなくてはならない。いつもは後ろで結っているが、朝起きるまでは緩く編んで片側に垂《た》らすのが常だった。

ふと気がついて浴室の鏡に映る自分を眺めてみる。壁際まで下がると上半身をすべて映し出すことができるのだ。大きな鏡に裸の娘が浮かび上がった。

確かに、オーロール様たちと比べると頑丈《がんじょう》そうというか、丸いというか、田舎《いなか》くさい体つきに思える。

肩から首にかけての線は女性らしいが、華奢《きゃしゃ》というほどではない。胸はオレンジを半分に切ったようで、すとんと落ちる流行のドレスは似合わない。腰は自分でも細いと思うが、その下の骨は張っているし、尻は大きすぎるのではないだろうか？

手足にいたっては、ずっと家事や農作業をしていたから、しっかり締まっていて、ほっそりとか、たおやかという、女性を褒める形容詞とはほど遠かった。

そのうえ、義母によく言われるように色が黒い。この都会の女性たちは曇りの日でも日傘をさし、白い肌を保とうと努力を怠《おこた》らない。そんな彼女たちに比べると、自分の肌は黒いと言われても仕方がないのかもしれなかった。

そしてこの変わった灰色の髪。金色の髪がもてはやされる社交界では、さぞ不細工だと思われているだろう。

本当に……旦那様のお好みからまったく離れているわね。

珍しく溜め息をつきながら、マリエは鏡から目を背《そむ》けた。

「でも」

今日、宝石店に連れて行かれたときは、さすがのマリエも驚いてしまった。

思わず誰かに贈る品物を選びに来たのかと勘違いしたのだが、自分への贈り物だと聞いて、さらに驚いた。

夫は指輪を贈りたいと言っていた。棚にはどの指にはめるのかと疑問に思うほどの大《おお》仰《ぎょう》な指輪もあったが、中には小さな石がはまった上品なものもあった。けれど、どんなに簡素なデザインのものでも、びっくりするような値段がつけられていて、マリエは怖気《おじけ》づいてしまったのだった。

夫にしてみれば、野暮ったい自分を少しは見栄《みば》えよくしようという目論見《もくろみ》があったのかもしれない。けれど自分には高価すぎる。いつかは出て行く自分に、そんな高い買い物をさせるわけにはいかない。思い出だけで充分だった。

……お鍋でよかったのよ。私がいなくなったって誰かの役に立つんだから。

マリエは戸棚から洗いたての寝間着を出して着こんだ。

この寝間着も木綿《もめん》の着古したもの。足首まで覆《おお》うもので、実用一点張りのため優雅さからはほど遠い。いつかは買い換えようと思っていたのだが、夫と一緒に寝るわけではないし、誰に見せるわけでもないので、ついそのままにしていた。

だって愛着があるんだもの。

マリエは自分に対して言い訳してみる。

実はこの寝間着は自分で作ったものなのだ。故郷の生地屋《きじや》で気に入った木綿《もめん》の布を買い、首元と袖口には頑張ってフリルをつけてみた。

マリエは肩を竦《すく》めた。

いくら見ていたって丸い体型が変わるわけでも、お姫様ような素敵な夜着になるわけでもない。

今まで気にしたことなかったんだから、これからだってそうするべきだわ。

マリエはふたたび鏡に向かってぎゅ、と顔をしかめて、胸の下で帯を結んだ。その時──

「あれ？」

床の隅できらりと光るものを見つけて屈《かが》む。壁と扉の隙間に落ちている丸いもの。

なんだろう、これ。

拾い上げてみると、エヴァラードの上着の飾りボタンだった。先日義兄からもらったという上着についていたものだろうか？

とにかく、飾りボタンは高価なものなのでこのままにはしておけない。

マリエはとりあえずどの服のものか確認することにした。もし明日着ていくものだったとしたら、今夜中に縫《ぬ》いつけた方がいい。

マリエは急いで浴室を出た。

＊　＊　＊

エヴァラードは椅子に腰を下ろしてぼんやりと天井を見上げていた。

せっかくなにか身を飾るものを贈ろうと思っていたのに、マリエが欲しがったのは鍋だった。

無欲なのか、それとも彼女なりの抵抗なのだろうか？

メイド呼ばわりをしたことをまだ許してくれていないのだろうか？

しかし、マリエの態度に不快そうな様子は少しもない。鍋を抱《かか》えるエヴァラードに何度も嬉しそうに礼を言って、買ったばかりの鍋で大好物の煮込みを作ってくれた。

嫌われてはない……よな？

けれど、好きだと思われている自信もない。

さりげなく体型を褒めてみたが、それもあっさりかわされた。

俯《うつむ》いた白い首筋とそこから続く女らしい曲線を思い浮かべる。

——そうなんだ。

マリエの姿はとてもいい。

いつも慎《つつ》ましくしている若い妻。至って真面目できびきびと働き、夫になにも求めない。だが、いつか自分のためにその身を飾って欲しい。

「……」

指輪ではなく、首飾りでも良かったかもしれない。

襟《えり》を広く刳《く》った服を着せて……宝石よりもそうだな、真珠がいい。

ひそやかな輝きはクリーム色の肌によく映《は》えるだろう。

鎖骨を縁どる連なったものか、それとも涙型の一粒が胸の間に収まるものがいいか。

ああ、そうだ。今度こそごまかされないできちんと贈り物をしよう。

そうすれば、マリエも少しは自分を見直してくれるかもしれない。

喜んで抱きついたりはしてくれないだろうが、キスぐらいならもしかしたら……

「旦那様？　まだ起きていらっしゃいますか？」

控《ひか》えめなノックと、それに続く声にエヴァラードは飛び上がった。

＊＊＊

マリエはドアの下から光が漏《も》れていることを確認してノックした。夫はまだ眠っていないだろうと思ったが、念のためだ。

「旦那様？　まだ起きていらっしゃいますか？」

言葉が終わるか終わらないうちに室内で大きな物音がして、いきなり扉が大きく開いた。

「マリエ？　マリエか!?　どうしたっ!?」

そこにはものすごく驚いた様子の夫が立っていた。

「え？　あ、あの、夜分に失礼いたします。お風呂場にこれが落ちていましたので、どのお召し物のものか確認させて頂こうと……」

「は？」

「あの。ですから、これが」

エヴァラードの勢いに気圧《けお》されながら、マリエは手の平に載せたボタンを差し出した。

「なんだこれ……ボタン？」

「はい。どうぞ」

「……」

どういうわけか、急に気の抜けたような夫が力なく小さなボタンを受け取った。

「どの服についていたものかわかりますか？」

「いや……すぐには……どれかな？」

そう言ってエヴァラードが自分の大きな衣装箪笥《だんす》を開けたので、マリエもその隣に立つ。問題の服はすぐに見つかった。やはり先日貰ったばかりの上着のボタンだった。

「あ、これか。袖《そで》のところだな。ほら、糸がほつれている。お下がりだから仕方がない」

「そんなこともないと思いますが……もし明日お召しになるものでしたら、今すぐに縫《ぬ》いつけますがどうしましょう？」

「え？　いや、夜も遅いし、また時間があるときでい……あ！　いやいやいや、そういえばこの上着、明日来ていこうと思っていたんだ。できたら今付けてもらえるとありがたい。申し訳ないが」

「はい。大丈夫ですよ。ではすぐに縫いつけてきますのでお待ちください」

いつもより大分早口な夫に違和感を覚えながらもマリエは頷《うなず》いた。このくらいの縫い物など、どうってことない。だが、夫はそれでは納得しないようだった。

「いやその……できればこの部屋で付けてもらえるかな？　鏡もあるし、すぐにしまえるし……」

「あ、はい。でしたらすぐに針と糸を持って参りますね」

普段の様子となんとなく違うエヴァラードの態度に、少々釈然《しゃくぜん》としないところがあったが、マリエは請《う》け合った。そして自分の部屋から必要なものを取って戻ると、マリエは夫の見ている前でボタンを付け始める。

「隣のボタンも少し緩んでいますので、ついでに直しておきましょう」

「あ……ああ、頼む。申し訳ない」

マリエはにこりと微笑んだ。

＊　＊　＊

エヴァラードは、椅子に浅く腰掛けてボタンを縫いつける、寝間着姿の妻に見とれながら頷いた。

さっき、ノックがあってマリエの声がしたとき、椅子からひっくり返るほど驚いた。

ちょうどマリエのことを――しかも少々妄想じみたことを考えていたときに、当の本人がやって来たのだ。

マリエが俺の部屋に！　ひょっとして——いやまさか。

不埒《ふらち》な期待は、彼女の白い手の平の中の無粋《ぶすい》な欠片《かけら》に木端微塵《こっぱみじん》にされてしまったが、それでも千載一遇《せんざいいちぐう》の機会である。

機会だと？

一体何の機会だと言うんだ？

と自分を叱咤《しった》しつつも、このまま自室へ帰してしまうのは忍びなく、自分の部屋でボタンつけをお願いしたというわけだ。

寝間着姿のマリエを見たことがないわけではない。これでももう三か月も同じ家に暮らしているのだから。だが、いつもすれ違うだけだったり、後ろ姿を見るだけだった。こんなに近くで、しかもゆったりと二人で過ごしたことはなかったのだ。

白い簡素な寝間着を着て長い髪を横に流したまま、マリエは一心にボタンを付けている。ランプの灯りを額《ひたい》に受けてまるで絵のようだ。良い香りがするのは風呂上がりのせいだろう。

だが、エヴァラードはマリエの全身を眺めつつ、やはり胸元が気になってしまう。背を丸めているせいで鎖骨が覗いていて、みぞおち辺りで結ばれた帯は、彼からすると柔らかそうな胸を強調する役目があるとしか思えない。

エヴァラードは飾りの少ない簡素な寝間着の方が女らしさを際立たせるということを初めて知った。

「寒くはないか？」

やましい思いを振り切るようにエヴァラードは尋ねた。

「いいえ、この部屋は暖かいですから」

「ガウンを着てくればよかったのに」

心とは裏腹な優しい言葉をかける。本当は寝間着姿を見ていたいのに。

「実は、ガウンは持ってないのですよ。それに私は寒さに強いので大丈夫です……できました」

エヴァラードの心中など少しも斟酌《しんしゃく》せずに、マリエはボタンをつけた上着を掲《かか》げた。

「変な布の引きつれなどはないと思いますが、試《ため》しに着てみられますか？」

「ああ。そうしよう」

ひと時を惜しむようにエヴァラードは姿見の前に立った。後ろからマリエが上着を着せてくれる。どこも変なところはない。そもそも、試着の必要などないのだ。エヴァラードがマリエをこの部屋に引き止めておきたかっただけである。

「いいようだ」

背後に立つマリエに頷く。その体からはやはり優しい温もりと香りが立ち昇っている。

「そうですか。じゃあ、お脱ぎになって？ 箪笥に吊っておきます」

マリエはてきぱきと上着と裁縫道具を片付けている。女らしい立ち姿。そのすぐ傍《そば》には寝台があるのに、エヴァラードにはどうすることもできないのだ。彼にはそんな権利はないのだから。

「では、お休みなさいませ」

「ああ、待て。これを」

せめてもの感謝を伝えるために、エヴァラードは自分の着ていたガウンを脱いでマリエに羽織らせた。袖《そで》を通すのを手伝ってやる。体温を感じられるほど近くに無防備な妻が立ち、内心動揺したが、それは決して表に出さない。

「君にあげるから、これからはそれを着るといい。大きすぎるかもしれんが、その方が暖かくて良いだろう。まだまだ夜は冷えるし」

エヴァラードは帯を結んでやりながら言った。

「まぁ……ありがとうございます、旦那様。とっても暖かいです」

「そうか……よかった」

「ではこれで。お休みなさいませ」

「お休み」

一礼してマリエは夫の寝室を出た。廊下はやはり寒い。湯上がりの熱も冷《さ》めてしまいそうだ。マリエは貰ったばかりのガウンの前を合わせた。大きな夫のガウンは、主《あるじ》の温もりを残してマリエを包みこむ。

――でも良かった。やっぱり明日着られるものだったのね。

だけども、今夜の旦那様、どこか様子が変だったような。どこか慌てて……というより焦《あせ》ってらした？　どうされたのかしら？

でも、こんなに上等なガウンを頂いてしまったし、やっぱり本当はいい方なんだわ、エヴァラード様は。

そして、マリエは自室に戻り、満足してベッドに入ったのだった。

「畜生！　なんであんなに色っぽいんだ！」

同じ頃、マリエにいい人認定されてしまったとも知らず、妻の魅力に今さら気がついたエヴァラードは、一人悶々《もんもん》と夜を過ごす羽目《はめ》になったのである。

書き下ろし番外編

ある夫婦の一日、もしくは残念なすれ違い

それは二人が結婚してまだ間もない頃のこと。


マリエは考えていた。

どうすればいいのかを。

そして決めた。

「金のかからないメイドを雇ったようなものだ」

家で催した夕食会で夫にそう言われて数日。マリエは三つの約束事を自分に課した。

ひとつ　夫の視界に極力入らないようにすること。
ひとつ　呼ばれない限り、あるいは必要のない限り、自分から話しかけないこと。
ひとつ　家事は完璧に行うこと。

客たちの前でメイドと公言されたことは正直愉快ではなかったが、それならいっそその言葉を前向きに考え、遊戯《ゆうぎ》にしてしまおうと思ったのである。

普段大人しいマリエだが、決して諧謔《ユーモア》を解さない訳ではない。

昔読んだおとぎ話に、家の者が寝静まったあと家事をする妖精の話があり、その妖精は家の者が驚く顔を見て楽しんでいた。

自分もそんな風にすればいい。

朝は、夫が起きる前に起きて朝食を準備し、送り出しはホールの階段の影に立つ。

夜も同じ。幸い台所と食堂をつなぐ扉は夫の席の後ろにあるから、給仕の時に見せるのは手だけだ。夕食を食べ終えた夫が居間で寛《くつろ》いでいる間に二階で風呂と寝室の支度《したく》をし、彼が休むために二階に引き上げてから、台所の後片づけと明日の準備をすればいい。

そうよ、そうすればいいのだわ。だってあの方は灰色の人だもの。私の世界の人じゃない。

マリエはそう決意した。

本当は、少しだけ悲しいけれど。

そんな気持ちにぴっちりと蓋《ふた》をして。

＊＊＊

エヴァラードは困惑していた。

妻が姿を見せない。

家の中にいることはわかっているし、呼べばちゃんと返事をくれる。

食事も毎回美味なるものを供される。

なのに、その姿を――顔を見ることがほとんどない。

自分の言った言葉に怒っているのか？

最初はそう考えた。

しかし、話しかければ丁寧に応じてくれるし、料理が美味いと褒めれば嬉しそうに礼を言われる。その態度はとても穏やかで優しい。怒るというには当たらない。

なのに、その存在はとても遠い。

酷《ひど》くわかりにくい娘だった。

「うう……」

その朝の覚醒がしっくりこなかったのは曇天《どんてん》のせいだとエヴァラードは思った。決して昨夜なかなか寝付けなかったせいではない。

気だるそうに布団をはねのけたエヴァラードは、寝間着を脱ぎ捨てると、のろのろと服を着た。

洗面所の鏡には不機嫌そうな男が映っていた。冷たい水で顔を洗い、用意されている清潔なタオルで顔を拭《ふ》くと少し気分がよくなる。

エヴァラードはいつもより念入りに髪型を整えた。

金髪碧眼《へきがん》の自分の容姿は、ともすれば冷たく見られがちだが、女性には好まれる事を彼はよく知っている。

なのにあの娘は自分を見ようともしない。初めからいい態度を取っていないから仕方がないのかもしれないが、こうも無関心でいられると却《かえ》って落ち着かない。

じゃあ少し優しくしてやればどうだろう？

エヴァラードが階段を下りていくと、廊下には既に焼きたてのパンの良い香りが漂《ただよ》っていた。近頃すっかりおなじみになった匂いだ。

食堂に入っても妻の姿は見えない。いつものことだが、カトラリーの脇には畳んだ新聞紙が置いてある。広げて読んでいると静かに扉の開く気配がして「おはようございます」という小さな声がした。同時に盆に載った朝食が差し出される。

今日のメニューはベーコンの入ったネギのスープと、薄く切ったパンに三種類の具を挟《はさ》み込んだ温かいサンドイッチだ。彩《いろど》りも鮮やかで食欲をそそる。

「美味そうだ」

応える声はない。料理に目を奪われている間にマリエは食堂に下がったようだった。

まったく可愛げのない女だ。

食事を終えたエヴァラードが身だしなみを整えてホールに出た時、マリエがようやく台所から姿を見せた。いつも出がけのあいさつだけはしてくれるのだ。しかし今日は、その手になにか下げられている。

「マリエ？　それは？」

「サンドイッチがたくさんできたので、よろしければお昼にと」

階段の下の暗がりに立った妻は腕を伸ばして、エヴァラードにハンカチに包まれた箱を差し出した。

「もしかして弁当か？　驚いたな」

「ご迷惑でなければ……」

「ないない。最近忙しくて昼食を取りに行く時間もなかったくらいだ。ありがたい」

エヴァラードは彼としては最大限に愛想のいい態度で包みを受け取り、マリエの手を握ってやった。実際、昼食は事務員の女性に売店のパンを買ってきてもらったり、酷《ひど》い時にはコーヒーだけですませたりと、そんな日々が続いていたのだ。

「いってらっしゃいませ」

「ああ」

エヴァラードは包みを鞄《かばん》に入れると、起き抜けの不機嫌を忘れたかのように意気揚々と出かけた。

俺はもしかしてけっこう気に入られてるのかもしれない。

＊＊＊

「これでよかったかな?」

夫が出て行った後で、マリエは自分の行動を三原則に照らし合わせて考えた。

旦那様の視界には極力入ってないし、お弁当は完璧な家事の一環で。

うん、大丈夫。さぁ仕事に取り掛かろう。

朝食の後片づけを終えると、次は二階の掃除。

まずは夫の寝室。窓を開けると乱れた寝具を整え、脱ぎ散らかされた寝間着は洗濯籠《かご》へ。シーツは昨日取り替えたばかりだから、今日は布団を叩いて膨らますだけにする。

そうするとピリリとした男の匂いが漂《ただよ》う。辛みの効いた香辛料のような香りだ。夫の匂い。けれどそんなものに囚《とら》われる必要はない。

マリエは手早くはたきをかけると、机以外の場所を丁寧に拭《ふ》いた。これでここは夜まで大丈夫。

他の部分も手早く掃除し、浴槽を磨く。「水回りは常に清潔に」が母から受け継いだモットーだ。

次に洗濯。昨日洗濯屋が来たばかりだから、今日は小さなものばかりなので洗濯室でごしごし洗う。その石鹸も自家製だ。香りには少し贅沢《ぜいたく》に香水を使っている。マリエの故郷に咲く野の花を使った香水だった。

ほのかな香りは華やかなバラには及ばないが、マリエは好きだった。

背の高いエヴァラードの衣類は少なくてもかさばるが、それだけに洗いがいがある。すっかり冷たくなった手に息を吹きかけながら、マリエは最後の仕上げに薄く糊《のり》を混ぜた水にさらして、水気を切った。今日は曇り空だが、空気が乾燥しているので夕方には乾くだろう。

そこで昼。

自分の食事は昨夜の残り物で簡単に済ませ、外套《コート》をはおると買い物に出かける。

市場《いちば》の人たちとはすでに仲良くなっている。大きくて物が豊富な市場は、マリエがこの街を好きになった理由の一つだ。

始めに肉屋で、子羊の骨付き肉を数本。これは酒に漬けてから焼くといい。つけ合わせの野菜も買わないと。

八百屋、果物屋、花屋、雑貨屋。色彩に溢《あふ》れた市場は楽しい。

貰える生活費がギリギリなので欲しい物すべてを買えるわけではないが、あれこれ見て回るのはマリエの数少ない娯楽だ。

幸い、女にしては力もあるので、重たい買い物籠《かご》も気にならない。

次々に必要な買い物をして最後に粉屋に入る。米を買おうと思ったのだ。パンを焼くのが得意なマリエだが、米料理もいくつかは知っている。今夜は結婚して初めて夫に米の料理をだそうと思っているのだ。

あの方はどう思うかしら？　美味しいと思ってくれるかな？

私をメイドと言った夫……灰色なのにきれいな人。でも、マリエの出す料理を美味しいと褒めてくれる。その瞬間だけの夫婦。

私はそのためだけに、こんなことしてるんだわ。

マリエはすっかり重くなってしまった買い物籠《かご》を見つめた。

だけど、こんなこと考えたって仕方がない。さて、買い物はこれでおしまいね。

マリエはふと、遠回りしてヴィリアンに会いに行こうかと考えた。市場《いちば》を出たところで左に折れたらリドレイ家へと続く通りに出る。

「だけど……」

昨日も行ったし、あまり頻繁に訪問してはヴィリアンを疲れさせるかもしれない。それにこんなに荷物を抱《かか》えていては、いつも暇にしている義母や義姉に馬鹿にされることは目に見えている。

明日……明日にしよう。今日の午後、米粉でお菓子を焼いてそれをお土産《みやげ》にすればいいだろう。幸いバターも砂糖もまだたくさんある。

マリエはそう考えて、リドレイ家へと続く道を名残惜《なごり》しそうに眺めてから来た道を引き返した。

＊　＊　＊

「戻った」

「おかえりなさいませ。旦那様」

台所の入り口で妻が頭を下げている。

それに返事をして、エヴァラードは二階へ上がった。廊下は暗いが自分の部屋だけは小さな明かりが灯っている。帰宅した自分のためだけに。エヴァラードが大きな明かりに切り替えて部屋を見ると、朝散らかしたものはきちんとあるべき場所に置かれていた。

布団はさながらホテルのように、放っておいた寝間着は新しい物に変えられ、きちんとたたんで脇の卓に置かれている。

自分の鞄《かばん》を机上に置くと、弁当の小箱を渡し忘れているのに気がついた。

部屋着に着がえて階段を下り、台所に向かう。マリエは料理の最後の仕上げをしているところだった。明るい室内で彼女を姿を見るのは数日ぶり――のような気がする。マリエは紺色の服に白いエプロンをして、オーブンで焼いた肉を皿に盛りつけているところだった。

「これ、ありがとう……」

弁当箱をさし出すとマリエは非常に驚いたようだった。

「あっ！　いえ……そんなことをなさらずとも……その辺に置いてください。すぐにご夕食を」

「美味かったよ。俺が食べているとハリイが手を伸ばしてきてな、油断すると掻っ攫《さら》われてしまうから叩《はた》き落としてやった」

「そ……そうですか、なら今度はハリイ様の分もおつくりいたしま……」

「必要ない！」

思いがけず飛び出した大きな声にエヴァラードは自分で驚いた。マリエの口から同僚の名が出てきたとたん、非常に不愉快になったのだ。

「や、すまん。あいつに気を遣わなくてもいいというつもりだったんだ。気にしないでくれ」

箱を置くとエヴァラードはマリエの答えを待たずに食堂に戻った。

その日の夕食も素晴らしいものだった。子羊のローストは骨付きで、赤ワインを使ったソースが絶品だ。主食はパンではなく、たくさんの具を詰めて揚げたライスボールである。こんなものを食べるのは初めてだった。

「あ、ちょっと」

野菜の皿を後ろから差し出して、立ち去ろうとするマリエに声をかける。振り返るとマリエは少し視線を落として自分の言葉を待っていた。

「この子羊まだあるかな？　もう二、三本は食べられそうだ」

「申し訳ありません……お肉はそれで全部なんです……かわりにハムを切ってきましょうか」

マリエはすまなそうに頭を下げた。

「そうか、いや別にいいよ。いつにもまして美味かったものだから。このライスボールも」

「ありがとうございます」

マリエはそのまま下がってしまった。肉に余分がなかった理由を、しばらく後《のち》にエヴァラードは知ることとなり、猛烈な後悔の念に苛《さいな》まされるのだが、今はまだそんな事に気がつくゆとりはない。

食後のエヴァラードは、いつもなら隣の居間で新聞や本を見て寛《くつろ》ぎ、その間にマリエは二階に上がって風呂の支度《したく》などをする。今日もそうだった。

彼女ができるだけ自分と顔を合わさないようにしていることくらい、もう気づいている。そう望んでいたはずなのに、今ではそれが自分の苛立ちの原因となっていることも。

二階へ行く小さな足音を確かめてから、エヴァラードはおもむろに立ち上がり、自分も階段を上った。

マリエに話しかける口実と、自分に注意を向けさせる方法を、ふと思いついたのだ。

「マリエ」

「えっ⁉　はい」

案の定、風呂の湯加減を見ていたマリエは、勢いよく振り返った。余り勢いが良すぎて、尻もちを突きそうになっている。エヴァラードは密《ひそ》かにその様子を楽しんでいた。驚いたマリエなど大変貴重かもしれない。こんなところで声がかかるとは思ってもみなかったのだろう。

「ちょっと相談があるんだが」

「な、なんでしょうか？」

「今度、社でちょっとした催し物があるんだが、それに着ていく服とタイを選ぶのを手伝ってほしいんだ」

「服とタイ……。ですが私は不調法で……」

「そんなことわかってる。けどまぁ、一人で決めるのもなと思って、見るだけでも見て欲しいんだが」

「は……はい。ではお湯が溜まり次第、お部屋に参ります」

＊　＊　＊

びっくりした……

まさか、風呂を沸かしている最中に話しかけられるなんて思ってもみなかった。

いつもなら、夫は居間で休んでいる時間なのに。その間に風呂の支度《したく》をして、寝室を暖めて、自分の部屋に戻る。夫が二階へ上がってきたらそっと下に下りて、片づけするのが日課なのに。

こういうのを変則《イレギュラー》っていうんだわ。

マリエは手を拭《ぬぐ》いながら洗面室の鏡を覗きこんだ。後《おく》れ毛を直して気持ちを落ち着かせる。

もしかしたら、田舎者《いなかもの》で趣味のない私をからかおうと思っているのかもしれない。

「失礼いたします」

マリエは夫の部屋に入った。

「ああ、これなんだが……上着はこれとこれ。タイはこの三本から選ぼうかと思っているんだけど、どうかな？」

「……」

マリエは用心深く歩み寄った。

予想はしていたが、やっぱり主人と同じく、その持ち物には色味が感じられない。かろうじて良い生地なのと、柄がわかる程度だ。服とタイを選ぶためには色彩感覚は必須なのに、マリエには色の濃さぐらいしか区別できなかった。

「どれも素敵だと思います」

「うん、君なら上着はどちらを選ぶ？」

マリエは無難な感想を言った。

「はぁ……こちらの濃いお色目でしょうか」

「ふぅん……これは一番最近誂《あつら》えたもので、まだ一度も袖を通してない」

マリエはわかる範囲で言った。

「いいものですね」

「それでタイは？」

「上着が濃い色なので、タイはこの淡い感じのもの……？」

「え、黄色か……黄と青か。案外、派手な組み合わせだな。君の趣味かい？」

「え？　そう言う訳では……一体どんな催《もよお》しなのでしょうか？」

黄色と青色だったのか……確かに派手だ。マリエはすっかり困ってしまった。

「ああ……新型車両の一等座席のしつらいを発表する小さなレセプションだ。社内は俺達開発者と重役、そして来賓《らいひん》で何人かの名士が来る。室内装飾に関することだからこっちもあまり変な格好《かっこう》で出席する訳にもいかない」

「で、ではこちらの細かい地模様が入ったものは？」

「これか、これは確かもらいものだったな」

「……」

考え込むエヴァラードに、なにかまずいことを言っただろうかとマリエは居たたまれなくなった。鉄道会社のレセプションの様子など想像もできない。

なんでこの方、私なんかを呼んだんだろう。

「すみません。私ではお役にたたないようですね」

「ま、いいさ。最初からそれほどは期待してなかった。じゃあ、着てみるから見てくれないか？」

そう言うとエヴァラードは青い上着を羽織り、地模様の入ったタイをざっと巻きつけた。

「どう？」

作り物めいた笑みを浮かべたエヴァラードは確かに見栄えがする。彼はおどけて、ダンスを申し込むかのように右手を胸にあて、マリエに向かって優雅に腰を折った。こんなことをされたら、この間のお客のような婦人たちはきっと喜ぶだろう。

「……よろしいかと」

マリエはぼんやりとエヴァラードを眺めて言った。

「君は……全くつまらないな」

今度は急にむっとしたように夫は肩を竦《すく》め、さっさと上着を脱いでしまう。マリエは戸惑うばかりだ。

やっぱりからかわれているのだろう。

「お役にたてず、申し訳……」

「いいんだよ。仕事の邪魔をして悪かった。もう行っていいよ」

エヴァラードはマリエに背を向けてタイを解きながら言った。

「はい……失礼します」

＊＊＊

「くそっ！」

そそくさと出て行った妻。当然だ、いったい自分は何をしたかったのか？

エヴァラードはどうでもよさ気に衣類を箪笥《たんす》に吊るしながら考えた。

乱暴に箪笥を閉じると、傍《そば》の椅子にひっくり返って天井を見上げた。

本当は分かっている。

マリエの目を自分に向けさせたかったのだ。

風呂場を覗いた時の驚きようったらない。あんなにびっくりしたマリエを見るのは初めてだ。分別くさい仮面がはがれて、本来の少女が顔を覗かせたような。あんな顔もできるのだと思う。

それで済ませておけばよかったのに。

わざわざ部屋に呼んで、ろくでもない相談を持ちかけた。レセプションに着ていく上着の選択という口実が、もっともらしいと思ってしまったのだ。自分の服を見せて話をして、それから――一緒に行こうと言えばよかったのだ。

しかし、口から飛び出した言葉は、思いもよらぬものばかり。マリエは変に思ったのだろう。ずっと妙な顔をしていた。

そしてとどのつまり、よそいきの上着を引っかけ極上の笑顔を見せて自分の魅力を試したのだ。今までの女たちにしてきたように。

マリエに自分を見せつけたくて――いや、自分の魅力に気づいてほしくて。

そして、無視された。いや、呆《あき》れられたのだ。

餓鬼《がき》か俺は！　とんだ道化だ！

あの晩餐会《ばんさんかい》の夜以来、こんな失敗ばかりしているような気がする。女の扱いに長《た》けていると思い込んでいた自分が信じられない。

「金のかからないメイドを雇ったようなものだ」

——あんなことを言わなけりゃよかった。

あの言葉をまだ取り消してもいない。謝ってもいない。他の方法で挽回《ばんかい》しようとしてこの始末なのだ。結果、事態はますます悪くなる一方だ。

俺は夫としても、男としても最低だ……。

エヴァラードは両手で顔を覆《おお》ってしまった。

マリエは爺さんにだけしか心を許していない。

目の前にきちんと整えられた寝台がある。洗いたての寝間着も一緒だ。

それらを使う資格もない男のためのものだった。

＊　＊　＊

翌日の夜。

「あのぅ……旦那様？」

マリエは三原則を自ら破って、食堂でぼんやり肘をついているエヴァラードに話しかけた。

こんなことは今までに一度もない。食事が終わるとすぐに居間に行くのが常だ。具合が悪いのかとも思ったが、食欲から見るにそんな感じではない。うずらの卵を中に入れて焼いた肉団子を二つも平らげたのだから。それに今朝も態度が妙だった。

昨日もそうだったが、なんだか最近の夫の言動は変則的《イレギュラー》だ。

「なにかな？」

エヴァラードはあごを預けていた肘を外して、元気なく目を上げた。

「お茶のおかわりならいいよ。充分もらったから」

「はぁ、そうではなく……あの、お伺いしたいことが」

「言ってごらん」

「今朝私が窓を開けようとお部屋に参りましたら、旦那様の寝台が使われた形跡がなかったのですが……あの、どちらで？」

「ああ、そんなことか。うっかり服を着たまま椅子で寝てしまった」

「……まぁ。そんなことをしては疲れが取れませんし、風邪を引いてしまいます」

「確かに。でも部屋は君のお陰で暖かいし、今のところ大丈夫なようだ」

「早くお風呂にいたしましょうか？」

「そうだな。そうしてくれるとありがたい……あ、マリエ」

「はい」

「昨夜は急に変な事を言って済まなかったな？」

「え？　ああ……でも、私あまり男の方の着るもののこと、わからなくて……すみませんでした」

「変に慣れていても困る……いや、なんでもないよ。それで組み合わせなんだが、やっぱり君の言った通り、黄色のタイにするよ」

「え？　派手だとおっしゃられていましたが」

「いいんだ。あのくらい派手でないとアピールできない。それに、よく考えてみたら、客車のしつらいも基本青と黄色なんだ」

「え！　そうなのですか？」

「うん。どちらも落ち着いた色合いで上品な仕上がりになっている。だから大丈夫」

「そうですか……皆さんが気に入ってくださるといいですね？」

「ああ、そうだな……」

エヴァラードの言葉にそっと頷《うなず》いたマリエは、いつものように台所に引っ込む——のをエヴァラードが思わず止めた。

「あ、マリエ」

「……なんでしょうか？」

「今更こんなこと俺が言うのも君はどうかと思うだろうけど、俺たちはもう少し話をした方がいい気がしてきた」

マリエの目が大きくなる。まさか、この人からこんなことを言われるとは思ってはいなかった。これでもう三原則は終わりなのだろうか？

「だからな……」

「……」

「もう少し、俺に姿を見せて、声を聞かせて。俺は君にとって嫌な男だ……だからできる範囲でいいから」

エヴァラードは非常に苦しそうに下を向いた。こんな夫を見るのは初めてだ。

「はい」

「いろいろ悪かったとは思っている。でも今はまだ混乱していて何を言ったらいいかわからないんだ。けど、もうしばらくしたらきちんと言えると思う」

「わかりました」

マリエは素直に答えた。エヴァラードはわからないと言ったが、マリエにもなにがわかってるか、よくわからない。

ただ、お互いこのままではよくないと思っている事だけは確かのようだった。

三原則にはあんまりこだわらない方がいいのかもしれない……

マリエはそう感じながら、不思議な感情を瞳に浮かべている目の前の男を見上げた。

「旦那様、お酒を召し上がられますか？　お風呂の前だからほんの少しだけ」

「……うん」

「じゃあ、ご用意いたしますね」

素直に頷《うなず》いた夫が少し子どものように見え、思わず笑ってしまいそうになるのを隠してマリエは台所へと背を向ける。

そんな夫婦の一日。

RC
Regina
COMICS
異世界で
婚活はじめました

異世界で
婚活はじめました
失恋直後になぜか異世界トリップ…!?
目指すは、ファンタジー世界で
玉の輿!?

ファンタジー小説「レジーナブックス」の人気作を漫画化!

Regina COMICS レジーナコミックス

密偵少女が皇帝陛下の花嫁に!?

天井裏からどうぞよろしく ①

漫画:加藤絵理子　原作:くるひなた

B6判　定価:680円+税

ISBN978-4-434-20930-7

異世界をゲームの知識で生き抜きます!

異世界で『黒の癒し手』って呼ばれています ①

漫画:村上ゆいち
原作:ふじま美耶

B6判　定価:680円+税

ISBN978-4-434-21063-1

本書は、2014年6月当社より単行本として刊行されたものに書き下ろしを加えて文庫化したものです。

レジーナ文庫

灰色《はいいろ》のマリエ 1

文野《ふみの》さと

2015年12月20日初版発行

文庫編集－橋本奈美子・羽藤瞳
編集長－塙綾子
発行者－梶本雄介
発行所－株式会社アルファポリス
〒150-6005 東京都渋谷区恵比寿4-20-3 恵比寿ｶﾞｰﾃﾞﾝﾌﾟﾚｲｽﾀﾜｰ5階
TEL 03-6277-1601（営業） 03-6277-1602（編集）
URL http://www.alphapolis.co.jp/
発売元－株式会社星雲社
〒112-0012東京都文京区大塚3-21-10
TEL 03-3947-1021
装丁・本文イラスト－上原た壱
装丁デザイン－ansyyqdesign
印刷－株式会社暁印刷

価格はカバーに表示されてあります。
落丁乱丁の場合はアルファポリスまでご連絡ください。
送料は小社負担でお取り替えします。

ISBN978-4-434-21309-0 C0193